# 小窗幽记

(明) 陈继儒 著

何攀 评注

北京时代华文书局

# 总序

## 我们一起来读这些书

——李冬君

历史学博士，独立历史学者，人称文化江山一女史

疫情期间，闷在家里写作、读书。

有任务，要为一套"生活美学"丛书写总序。于是，放下手里的活计，索性放松，补看原来不曾细细品读的"闲书"，其实是在补习我们常说的"文明断层"中丢失的那些生活智慧与生活细节。

这是一套"生活美学"丛书，它呈现的是古人的生活姿态，是唐人、宋人、明人以及清初士人的审美趣味，与我们当下的生活悬隔几百年，甚或千年，那又怎么样？

距离产生美！拉开距离，方有所悟。古人对美的细腻体贴，比比皆是安顿生活的智慧。耗费了几个轮回的光阴，我们才敢肯定自己的真正需求，重启对生活的审美勇气。

"美"，这顶人类最高的荣誉桂冠，它属于过去，也属于我们，更属于未来。唯美永恒。

美是一种约束力，它提示我们生活的边界在于勿过度。而当下高科技正以摧枯拉朽的激情，不断刷新我们的分寸感。不得不承认，它在提升我们生活品质的同时，也将我们的心智羁绊于它飞速运转的传

送带上，节奏如离弦之矢。

科技能解决人类的一切问题吗？显然不能。对于人类心灵的需求，科技只是手段，不是目的。而令人焦虑的终极问题，常常就是一杯茶的生活状态。因为这种"飞矢不动"的悬停状态，对人的生命以及心灵有一种美的慰藉。

好在科技的深渊还没有彻底吞噬人性对趣味的渴望，我们还有能力迟疑，有能力稍停一下花团锦簇的脚步，慢下来，坐下来，在溪边，在太阳下，一起读一读这十七本书，给"悬停"一个落地的方案。

也许这十七本书并不完满。但，它提供了一种美的参照，给我们一些美的启示，支持我们给时代浪潮加一笔"不进步""不趋时"的保守主义风景。

中国历史上，任何时代都有唯美的生活样式，由那些有趣味的文人在生活中慢慢提炼。他们为衣食住行制定雅仪，用琴棋书画诗酒茶配给生命的趣味，以供我们参考打样自己的生活，复苏我们沉寂的热情，在审美的观照下，来一场生活上的"文艺复兴"。

与他们相遇是我们的福缘。

## 一 —— 生命的清供

"清供"，各见其主人的品位，摆在居室、书房，清雅一隅。香花蔬果氤氲奇石墨砚，点染方寸之间，供的是日常的心境。踱步止步，如翻看册页，锦色琳琅，侍弄的是一份生活的趣味。

### 茶酒皆醉心

素心向隅是一扇窗，它推开我们的生命之幽，给出一点审美的缝隙，插花品茶、饭蔬饮酒、园治修葺等，就会在文人笔下涨潮，浩瀚为生命里的"清供"，诸如从《茶经》到《随园食单》等等，不过是一波潮汐，但阅读它们，会纾解心灵之淤。

唐人陆羽为茶抒写了一首情诗，就像唐人写格律诗那样，推敲一生。其深情与专一，治愈了全世界的焦渴。

"茶者，南方之嘉木也"，《茶经》开篇就这样悦人耳目。有形有声，将你带入"所谓伊人,在水一方"的佳境,静听鄂君子皙收到的爱歌,"山有木兮木有枝,心悦君兮君不知"。开门见树,读者心甘情愿,为"嘉木"添枝加叶。

可是根据陆羽的说法,嘉木兮生乱石,让人心疼。嫩绿绿的雀芽,却蓬勃于乱石寒壤之间,不挑不拣,不执不念。也许就是这一副简淡的品性,感悟了一位孤苦的僧人,卷起千年的舌尖,衔着万古的思念,为它择水选炭、立规制仪,不厌繁文,遣词细剪,只为一枚清嫩的灵魂,提取一丝亘古的甜,与饮者灵犀一点。

宋代有"喊山"习俗。春来了,草木还在憨睡,万物复苏之际,只待春雷惊蛰,第一醒来的是茶芽。茶农们会提前摆齐锣鼓,润好喉咙,模仿春雷,准备与自然一齐造化。锣鼓接雷,喧天动地,喊声荡山,此起彼伏,"我家茶,快发芽!我的茶,快发芽……"一声声,一槌槌,震碎了雾花,清凉凉地洒落在被吵醒的芽头上。这种擂鼓催春的场景,恐怕是最感人的天人合一了。

生命呼唤生命,生命唤醒生命,人与自然抵掌共生,那茶便是生命的"清供"了,是陆羽追求的茶境。

茶传到日本,有千利休寂茶之"清供",传到英国,有英式下午茶之"清供"。在欧洲大陆与美洲大陆之间,只是一杯茶的距离,美国人赢得了独立战争。不管以战火的方式,还是取经的方式,总之,喝茶喝通了世界。

熙宁、元丰年间的党争,没有赢家。窦苹深感窒息,便开始写中国第一本《酒谱》。也许他读过《茶经》,《酒谱》的目次很像《茶经》。随后,朱肱归隐西湖去了,在湖边著述《酒经》。

大隐隐于酒,魏晋人最擅长。酒在魏晋,是美的药引,发酵人生和人性。人生在微醉中尽兴,人性在尽兴时圆润丰满。看魏晋人的姿态,线条微醉,人有一种酒格之美。

士林酒格,要看竹林七贤。竹林七贤要看嵇康与阮籍。

阮籍醉眼看江山,越看越难受。司马家阴谋横流,他突然一吼:"时无英雄,使竖子成名。"然后倒头醉睡,竟然睡了六十天,这样的功夫,在今天,也算世界纪录。睡时长短,要看醉之深浅,而醉之深浅,则基于城府之深浅。醉眼风云看透,醒来如同死而复生,隔世一般，世事纷纭，都被他醉了，以示他与司马家的不合作。嵇康则偏要像酒神那样酣畅，绝不委屈自己的酒格，劈面强权。正如山涛说："叔夜之为人也，岩岩若孤松之独立。其醉也，傀俄若玉山之将崩。"说他醉了也傀俄，有关酒格绝不妥协，宁愿死在美的形式中，是中国式酒神的风采。

还有一种田园风酒格，非陶翁莫属。晚明画家陈洪绶，作《归去来图》，写陶渊明高逸生活中的十一个情节，规劝老友周亮工大可不必折腰清朝，不如学陶翁挂印归去。归到哪里去？当然是将自己安放在田园里。陶翁要"赀酒"喝，陈老莲便为他题款："有钱不守，吾媚吾口"。写诗写到拈花微笑的诗句，喝酒喝到这个份儿上，皆高妙无以复加矣。为了"吾媚吾口"，陶翁还亲自"漉酒"，以衣襟为滤布。运笔至此，老莲又拈出一句，"衣冠我累，曲糵我醉"，如此淡定平常，皆酒中真人。与叔夜之"玉碎"之酒格，各美其美。一则高高山顶立，一则深深海底行。酒过江山之后，田园轻风掠过，据乱世的出处，悲喜皆因酒的风格不同。而太平之世，混迹于市井，多半屈于浅斟低唱。那不是酒格，权称一味酒款吧。

## 闻琴听留白

中国人生活中有七大风雅之事，琴为第一。

为什么琴第一？因为曲高和寡，因为天籁并非触手可得。琴，是君子人格的标配。"曲高"与"天籁"，并非对天才琴技的赞美，而是对琴者内在修为的综合考量。尼采说："在眼泪与音乐之间我无法加以区分。"这句话深邃直渗心幽，应该奉为对"曲高"和"天籁"的最好解惑。音乐是写在灵魂上的密码，应人的崇高之约而来，调理人性的不适。

我们常在古画上看，古君子身背瑶琴，游历名山大川，修炼的正是在俗世即将堕毁的崇高感。高山流水间，他们十指抚琴，弹的是心弦。烟峦夕阳下，遗世独立的伟大孤独，难以名状。倘若于月夜水榭，香焚琴挑，则琴声或幽幽咽咽，或嘈嘈切切，即便穿林打叶，也还是一种有限的形式美。可古人深知，听琴非止于听音，更要听"无"。于是，琴声每每戛然悬空，无声无音，屏息之间，最吊人情绪。当内心开始充盈一个至广大的朦胧状态时，再起的琴声，无论多么惊艳，似乎都是为那一瞬间的"无"凭吊缅怀。这种琴弦之"无"，如书法之飞白，泼墨之留白，姑且称之琴弦之"留白"吧。

听琴听"无"，这一渺然细节在音乐中的专业趣旨非我能论，但闻琴听留白历来为我所钟。"留白"的瞬间净化，休止尘世的杂念，却是额外赐予精神的有氧运动。"无"是"有"的虚拟，用以解释琴之"留白"，对此我们并不陌生，它源自庄禅的审美格调。陶渊明弹无弦琴，应该是一个大大的留白，是他献给前辈庄子和他自己人生的一个"清供"。

琴史上，似乎魏晋人最擅长弹琴复长啸。嵇康目送归鸿，手挥五弦，一曲《广陵散》为之绝唱。他选择了死，是为了让正义之美活下去。如今不管《广陵散》是不是当年嵇康的"安魂曲"，它已然流传为悦耳的纪念碑，永恒为他的生命清供。

在士君子，瑶琴是很个人主义的音乐。即便交友，那也是高山流水遇知音。一个人在树下弹琴，一个人在巨石上听，飞瀑流过巨石，经过树下，这种高冷之美，太过华丽。

孔子弦诗三百篇，将华丽稀释，普罗为温柔敦厚的大众教化，矫正勤劳的怨声。《诗经》配乐吟诵，音乐纾解了诗的忧伤。人民"哀而无怨""宜其家室"，在琴瑟和鸣中，终于把日子过成了教科书。其实，北宋朱长文著《琴史》的初衷，就是想用琴音教化人的心灵。只不过，艺术的真谛一旦在人的内心苏醒，那颗不羁的灵魂便无论如何都会找到自己的节拍。

**书法是精神上的芭蕾舞**

唐代不仅盛产诗歌，还盛产书法家。除了我们耳熟能详的初唐四家、中唐"颜柳"之外，还有一位让米芾都惊艳的孙过庭。米芾叹其书法直追"二王"。孙过庭还著《书谱》一书，品评先贤书法。

米芾擅长书法，偏写出个《画史》来品评画家。他的画评，机锋烧脑，是画史上绕不开的艺评重镇。

书法是线的艺术，唐以前书画皆在线条上追逐光昌流丽，以吴道子所创"吴家样"为集大成者。到宋代，士人那颗自由的艺术之心，无法忍受千家一条的格式化线条，便开始越过唐代，直奔东晋"二王"了。从那位后主李煜开始，在线条上迟滞，在笔锋上苦涩。人生的艺术，因自由意志受阻而偏向于不流畅的悲剧表达，这个过程本身就是一种与自我对话的行动艺术，它不反映社会现实，而是在精神上自我训练，培养审美能力。

米芾与李煜一样，书法直追晋风，却不想在"二王"脚下盘桓，他不想对着"二王"学"鹅"步，所以总念叨"老厌奴书不玩鹅"。有人批评孙过庭习"二王""千字一律，如风偃草"，却不知孙过庭偏执着于以假乱真的功夫。他可以在任何不同的场合，写出一模一样的同一个王羲之写过的"字"，不要说人的情绪以及运笔时的气息会不同，除非忘我，想必孙过庭练的就是这种忘我的功夫。

米芾可不能"忘我"，"我"是艺术的主体。他曾给友人写诗一卷，发表"独立宣言"："芾自会道言语，不袭古人。"他"刷字"五十余年，才松了口气，见有人说他书画不知师法何处，才终于释然。

北宋理学发达，似乎对米芾影响不大，未见他与同时代的理学家有什么往来，天理难以羁縻他沉浸于活泼泼的生命力的喜悦中，他秉持的独立品格暗含着否定基因，他就是一个否定者，而且是一个否定的狂者。以否定式的幽默，游戏水墨。他不是为了肯定而来的，而是为了否定，为了否定之否定。

据说米芾"伟岸不羁，口无俗语"，任性独啸，浑然一个"人欲"，高蹈于世。一个人看到了自我，他该多么快活！

难怪项穆在《书法雅言》中对苏、米疾言厉色，项穆是理学之徒，宋明理学的核心思想是"无我"。虽然历史已经是万历朝了，而且本朝亦不乏与米芾息息相通的性灵文人，在米芾和项穆之外，还有倡导"唐宋诗"的归有光、因赞美"人欲"而惊世骇俗的李贽，项穆不会不知。人的精神进化，是多么参差不齐，连时间都会脸红，不要说五百年前米芾那颗自由的性灵，就是同朝为人，分野亦明。

毫无疑问，项穆认为书法应该是一门"载道"的艺术，正如理学主张"文以载道"，"道"是"正人心"，是《书法雅言》的初衷，是项穆的学术抱负，他将书法艺术提升到理学意识形态的高度。书法被天理纠缠，还有审美的可能吗？如果天理否定人性和人欲，那就无法审美,因为那条优美的中国线的艺术,属于流畅的人性,不属于概念,它不为任何概念做广告贴士。

项穆是明代收藏大家项元汴之子,过手过眼的艺术珍品想必不少,如此出身非一般人能比。不过,米芾也不是一般人,书法、艺评、绘画、诗歌等,不仅是项穆的老老前辈。仅就收藏,"宝晋斋"藏有王羲之《王略帖》、谢安《八月五日帖》、王献之《十二月帖》三帖,便足以傲视古今藏界之群雄,不知深浅的项穆!

看项穆对苏、米指手画脚,才说了这么多米芾。苏轼是米芾的良师益友,也是今人熟悉并敬重的生活美学宗师。从此进入《书法雅言》,亦不失为一种逆向的审美路径。它会提示我们,无论何时何地,书法关于线的艺术都是我们生命的韵律。

**案头上的书写风雅**

苏易简是北宋初年的大才子,他考状元的"学霸"试卷,让宋太宗击掌再三,钦点为甲科第一。才子多半是性情中人,苏易简也不例外,除了为官正直外,他还有两大痴好。第一,痴酒如命,第二,文章卓世。但他不写理学家们的高头讲章,也不好摆大学问家的架势。《文房四谱》是他兴之所至,情之所起,一本书法工具入门书便写成了。"砚谱""墨谱""笔谱""纸谱",在他的审美观照和修辞整饬后,成为书房长物,并为学者所不可须臾之缺的案头风雅。

其中,"纸谱"卷,每每会诱发人对纸的惜物之心与对风雅的赞叹:"荆州白笺纸,岁月积久,首尾零落,或鱼烂缺失,前人糊榻,不能悉相连补。"看来宋以前,作为四大发明的造纸工艺还是比较粗糙的。

纸贵如晋时,陶渊明的曾祖陶侃献给晋帝笺纸三千张;王羲之任会稽内史时,有一次谢安向他乞笺纸,王羲之将库中九万张笺纸都送给了谢安。西晋的陶家,东晋的王、谢两家,恐怕将东西两晋的上好笺纸一网打尽了。即便到了宋代,造纸术和印刷术已经普及,私刻印书是一道时尚风景,米芾拳拳纸情,亦非纸不画,可见笺纸之金贵依然时尚。

有评价说《文房四谱》文辞藻丽,没办法,那不过是才子必备的小技。这种知识入门的文字,唯文采,才能尽显"文房四宝"的雅致。

作为书房里的清供,给《书法雅言》"陪读",真是项穆的好运。

## 家有长物的启示

形而上地看,一部《长物志》谈的都是"物",饥不可食,寒不可衣,皆身外多余之物。但还有"长","长物"之长,是指附着于物体上的精神质量,是对物体的审美限定。所谓"家有长物",并非所有的凡物皆可登堂入室,而是要严格筛选。文震亨给出了十二项,将"入品"的"长物",设置于厅堂、书房、起居室、卧房,甚至室外的曲廊水榭间,每一项都是中国文人的心灵抱枕,皆可安顿一颗居家之心,可作心灵清供。在润物细无声的生活经验中,生成惜物敬重的习惯。"长物"还有另一层可爱,那就是它可以普及为美育之津梁、风化社会的道场。

就像无法收藏生命一样,我们也无法收藏时间。幸亏我们有了"长物"意识,忠诚于时间之善,将生命的创造收藏起来。

文震亨是文徵明的曾孙,写《长物志》,信手拈来,得益于他家藏丰厚,有近水楼台的优越。寒士李渔在《闲情偶寄》里,对诸般"长物"也如数家珍,就连"性灵派"的创始人之一袁宏道,都要放放手里的"宏道"大学问,去写一部《瓶史》,谈谈他对插花艺术的主张。一句"斗清不斗奢",就知他是插花行里的雅人。插花是小乐之乐,却是顺手之乐,方便怡情之乐。人不可能每日都倾力高山流水之大乐,所以,袁宏道给自己的书斋题名为"瓶花斋",而不是"性灵斋",抑或"华严斋"之类,在瓶花斋里小乐即可。陈眉公称他为"瓶隐",可见"性灵派"对"长物"的执着。

## 一年皆是好景致

写《瓶花谱》的张谦德,说起他的另一个名字"张丑",想必绘画鉴赏界皆知其雷声隆隆,所著《清河书画舫》,在绘画艺术史上是一座界碑。除了书画,他还喜欢生活中的各种"长物",在《瓶花谱》里装点配饰。他还很认真地写了一部《茶经》,以弥补他认为的茶界遗憾;袁宏道也很认真地写了一部《觞政》,意图补偿酒文化的缺憾。

高濂是一位生活美学的杂家,或者说是艺术界百科全书式的人物。

他在北京鸿胪寺工作了一阵子，因外交礼宾司的应酬索然无味，便辞职回杭州隐居去了。就在西湖，他每日烹茶煮字，写了不少好文。也许有人不知高濂，但只要请出他的拿手好戏《玉簪记》，你还来不及拍脑门，就再一次乖乖进入剧情。尽管这出爱情喜剧已经唱了七八百年，获奖无数，我们依然对它有种历久弥新的陌生惊诧感，就像今日追剧《牡丹亭》。

明代万历年间文艺气象风调雨顺，孕育了一大批文艺复兴式的文艺巨人。仅戏剧舞台上，就有魏良辅、汤显祖、高濂、沈璟、徐渭、张岱、李渔等锦绣人物，他们比肩喷薄，启蒙了那个时代，万象生焉。他们与莎翁生逢同代，风月同天。那是一个怎样的世纪啊？为什么山川异域却都流行戏剧？因为那是一个人类精神发展同步的时代，性灵是那个时代的主题象征，人们为之狂欢的人性指标或人文数据，已经给出了文艺复兴的节奏。只可惜汉文化在它达到了最高峰之际，突然被北来的马蹄硬带出一个拐点。

与今天追剧娱乐至死不同，那个世纪的戏剧担待了一代人断崖式的精神跳水，这里清溪欢畅，就在这里嬉戏，先知先觉的大师们为时代洗澡。他们在戏剧里大胆抒发"人欲"对自由审美的追求，将被"天理"桎梏于深渊的男女爱情打捞出来，直接晒于太阳之下。陈妙常与潘必正的自由恋爱，刷亮多少双爱情的眉眼，抛出爱情的抛物线，打散了"理学"因过度对称而僵化的几何线条。人情的世界，性灵是不对称的，或倾而不倒，或危而不慌，孤独的、个性的、欢畅的、寂寞的、敢爱敢恨的、无拘无束的。

跌宕起伏之后，《瓶花三说》，有种偷着乐的闲逸之美，它们是生活中的小景小情，但不能没有，想象一下，在万物冻僵之时，瓶花直如雪夜烛光，有种复苏的力量。

在小情小景上，明人比宋人简约。他们只享受短暂的美好，欣赏鲜花的可爱，在于不留恋、不永恒。他们只写花瓶里的花，在书房与花之性灵一期一会。

春生、夏长、秋获、冬藏，四季在每一个华丽转身之际，都会给人一个阳光灿烂的启示：一年都是好景致。但，春夏揖别，秋去冬来，四季在时间的秩序里却无缘聚首，花落花开，瞬息无常，怎么办？被美宠上了天的宋人有想象力，他们创造了"一年景"。陆游在《老学庵笔记》里有一段描述，他说，京师妇女喜爱四季花样同框，从首饰、衣裳到鞋袜"皆备四时"。从头到脚穿戴四季花样，把每一天都过成了四季，谁说寿世无长物呢？他们用审美延长了生命的质量。

**人间至味是清欢**

如果说宋人养生很文艺，到了明人养生，便开始"知行合一"了。当人性的内在被发掘出人欲之灵时，承载性灵的肉体得到了尊重和重视，尊体养生的生活意识便带来了生活方式的美学提升。高濂还总结了一套美学养生法，并为此著书立说，书名《遵生八笺》。其中"四时调摄笺"，恐怕是养生哲学中最接地气的一段。春天去苏堤看雨，看桃花零落；端午日喝菖蒲酒，将生长在小溪里的菖蒲打成粉，或切成段，泡酒喝，端起酒杯，诗意便会津津舌尖上，"菖华泛酒尧樽绿"，一杯美妙入喉，如树下饮长夏，比用"天理"调理"人欲"更令人安慰。五脏六腑遵循四季的安排，顺时调摄，信仰月令，在二十四节气的芬芳舒缓中，为养生立宪。摆脱禁欲的道学权威，一切自然的欲望都被允许，才是最愉快的养生疗法。养生尊体，养成君子玉树临风，才是天理。

回归自然，是中国文化的宿命，中国人几乎一边倒地宠爱自然。首先以自然为师，在向自然学习的过程中获得生活的经验。其次，以自然为主要审美对象，借自然之物言志抒情，从自然中获得无限的审美快乐。

公元十世纪，荆浩从体制内出走，走进太行山。从他走出体制内的那一刻起，他便不再仅仅是"意义动物"的人，而是面对完全没有压力的大自然、自己给自己定义的独立个体，就像梭罗在《瓦尔登湖》里给自己的定义一样，我是我自己的国王。

过去的意义不复存在，那就创造出新的意义。于是，他开始创作水墨山水画，以一个孤独的个体独自面对自我与自然，他获得了一切都要原创的创世体验。

计成，生活于明朝万历年间。他先是一位山水画家，师法荆浩，在《园冶》自序里，他反复念叨，想脱离体制，获得一个自由自在之身，然后为自己和父母设计一座园林终老。

从绘画到园林,计成从平面山水走向立体山水。当然,他设计了不少有名的山水园林化的艺术空间。

浮世名利是缰索,为人情所常厌;烟霞仙圣,则为人情所常愿却又不能常见。怎么办?于是有了山水画,人们便可"不下堂筵,坐穷泉壑"了。这句话出自北宋皇家画院院长郭熙的《林泉高致》。

这是宋人的时尚,到了明代,大凡有林泉之志的君子们,不仅要居"堂筵"可望可赏山水,还要可游可居。要与真山水同在,还要徜徉其间。明中叶以后,文人们开始流行造园,他们把大山飞瀑请回家,不用远足,移步庭院,便可坐穷泉壑了。在自家园子里,直接面对大自然的微缩询以个体存在的意义,在园林里重构个体生存的方式。

一幅好的山水画,应该使人在审美中分享"可居可赏可卧可游"的同时,还要有一种在山水里安身立命的归宿感,还要有一种救赎的力量。计成把荆浩这种山水精神移植到园林中,用写性灵小品的笔法,精雕细琢江南宅院,在世俗中营造一座自然美的生活空间体系。

"全景山水",是指画中有山有水有草木鲜花,也有山居人家,是在宣纸上虚拟的一个理想的精神家园。计成想做的,就是把"全景山水"从厅堂的墙壁上落地在花园中,把精神家园从虚拟变为现实。他在园林中向世人宣喻,除了王朝的江山,士人还有文化的江山可去,王朝的江山靠不住,还可打造一小片纯净的文化的江山。

经世致用,是中国学问的正根,用在帝王家。可袁枚偏不,在对王朝举行了淡淡的默哀之后,他便辞官归隐,住进随园,这里后来被认为是《红楼梦》大观园的原型。那年他三十四岁,冥冥之中幸运降临,这块精华之地不知给了他多少灵感。

那时,他或许还不知有《红楼梦》,可远近皆知他是坚定的"性灵说"诗歌流派的掌舵人。他在任江宁知县时,购买了小仓山废园,修整后改名"随园"。也许真有随缘的顿悟,他把自己从体制内自我放逐了,皈依美味,过一种舌尖上的真实生活,做梦也要做一场性灵的故园清梦,或许还能梦见贾府盛宴。

文豪写吃,历来有趣。文心不雕龙,只雕琢味蕾上的性灵。袁枚捍卫美味的姿态,表现出超常的使命感和整合能力。《随园食单》不载道,不禁欲,若舌尖上的思念,能得之于美味的灵启,那将是人生最圆满的乐事。就像他说的"笔性要灵"一样,"食单"里的每一道美味,都与他的笔底灵魂押韵。

中国的饭桌对自然界是全方位开放的,大凡自然赐予的物质,都可以在饭桌上争艳。在食不厌精和脍不厌细的祖训下,吃饭除了果腹外,还有养生的关照,以及必须满足的两个生理层面的诉求:味觉的丰满和视觉的盛宴,在审美中喂饱精神,这是袁枚美食的"清供",也是中国士人饮食文化的精髓。

中国人的餐桌,是民本主义的开端。要看民的脸,除表情之外,还要看民是面黄肌瘦,还是丰懿红润。"民以食为天",是政治的目标。尧舜时期,吃已开始具有了禾熟香味的民生观照,以一种农耕习俗为主调。"山家清供者,乡居粗茶淡饭之谓也。"据林洪自称,他是那位梅妻鹤子林和靖的七世孙。也许得益于林和靖清素淡雅的遗传基因,他的食物"清供",基本以家蔬、野菜、花果等素食为主,是上天赐给田园的原配食料,风物清素,餐桌淡雅,加上林洪给菜蔬配上诗意之名,诸如"碧涧羹""拨霞供"等,真是南宋人有南宋人的食性风雅。

## 二 —— 儒歌到晚明的走板

从《菜根谭》《围炉夜话》到《幽梦影》《小窗幽记》,一本本翻过来,不禁哑然。在这几位儒生的精神世界里,"荒腔走板"就是检验时代的真理标准。

儒学走了两千多年,它是怎么熬过来的?又如何幸存下来?问号就像穿帮镜头,透过他们的珠玑妙语,我们看到儒学的僵化似乎濒临内在的坍塌。因为他们弹奏起人性的和弦,那不甘于被儒学异化涂炭的性灵,经人性之美吻过之后,开出了新思想的花朵,"艾特"给正统的出身,表明新生代的风姿,在四本书里唱起了各自的儒歌,抒发一下窃喜的荒诞不经。无论传承还是叛逆,或多或少,都已经不合教条化的"名教"板眼。走板的调,走调的腔,被旧时代视为荒腔走板的调性,却启蒙了对灵魂的审美,以及对人性的肯定,这种不确定的荒腔,反而因理性之美而不衰。儒学就这样在一代人又一代人的"走板"

中创新，也许这就是它熬到今天的理由吧？想想它余下的世纪也许不多了，未来机器人的大脑想什么？谁知道呢？

审度荒腔的美感，是一种怎样的阅读体验？不妨试试。

说起载道之学，比起《琴史》的高冷，《菜根谭》则款式素朴。但读起来并不轻松，作者可一点都不客气，将他腌制的"菜根"格言，和盘托出。满盘琳琅清贫或清苦，应对于万历年间的人心浮夸以及物欲膨胀。如果信赖《菜根谭》就会身心健康的话，你能皈依清贫吗？这是一个沉重的话题。更有甚者，他拈起道德的绣花针，句句为芒，直指人心。诸如面对"苦中乐得来"，尔能持否？

《围炉夜话》与《菜根谭》并誉，"并誉"也是两百年以后的事儿了。作者王永彬是清朝道光年间的乡贤，教书之余，编写一些教材。《围炉夜话》是一部不足万字的修身教材，犹如儒家励志的橱窗，展示修身敬己的老生常谈，在科技迅猛不及回眸的历史瞬间，于个人偶有拾遗，即便一枚人性的灵光一闪，亦不失为一次温暖的补遗。

《小窗幽记》断不能与《菜根谭》及《围炉夜话》合称为"处世三大奇书"，因为它们的旨趣迥异！陈眉公何许人也？陆绍珩又何许人也？

明末清初，太湖流域，应该是中国士大夫最后的精神据点了。文华绝代的松江府是文人的天堂，陈眉公就隐居在天堂里。

徽商黄汴曾编纂了一本《天下水陆路程》，松江府为枢纽，那里水路通达，商贾逐利而来，画舫日夜流连。这样的商业文明，比"宫斗"那种恶劣的政治环境更具魅力，给晚明的名士们一个逃避的去处，他们在此扎堆隐居。

据明末士人王沄编《云间第宅志》记，松江府当时有别业名园二百多家，徐阶之水西园，董其昌之醉白池，陈眉公居东佘，陈子龙的别墅也相距不远。在陈眉公的生日宴上，当柳如是第二次见到陈子龙时，便以为可以"如是"此生了。

眉公名继儒，二十九岁时，果断焚烧儒衣冠，绝意仕途，来一次告别"继儒"的行为艺术。以彻底的荒腔走板，破了理学障碍，在隐居中还原一个人的真实生活，三吴名士争相效仿并与之结交。

有人说他假隐士，什么是真隐？

像他这种上下与天地同流的人，怎么会在乎往来人的身份？管他是布衣白丁，还是封疆大吏，他在意的只是人。隐居不一定非要躲进山林，或与往日朋友像病菌一样隔离。今天看来，脱离某种体制，做一位独立的自由人，就是真隐。既然体制让人受苦，那就转个身离开它。归隐，是中国文化所能给予中国士人奔向自我的唯一途径了，唯有对审美不妥协的人，才会选择这一具有终极美的生活方式。当然，眉公到曲阜，还是要拜先哲的。

他书法宗苏、米，宗的是苏东坡与米芾的人格美。他为西晋吴郡大名士陆机、陆云建祭拜庙宇，以栽植四方名花祭之，取名"乞花场"，并言"我贫，以此娱二先生"，痴的是高士风流。他的"荒腔"启蒙了一代年轻人，如张岱、陆绍珩等。

当年，陆绍珩从吴江松陵镇来拜访陈眉公，由水路乘船也是很方便的。他辑录了一本名人名言集，其中有苏东坡、米芾、唐寅以及陈眉公等人的言论，他们的精神一脉相承，请《狂夫之言》的作者陈眉公作序，可谓锦上添花。

如果说《围炉夜话》是一部纯正的儒歌的话，那么《菜根谭》就是一本走板的儒歌，而《小窗幽记》则是在荒腔走板上长啸。读本书陆绍珩的自序，看得出他与眉公心有灵犀。他说："若能与二三知己抱膝长啸，欣然忘归，则是人生一大乐事。"仅看本书十二卷的题目，就知陆绍珩安身立命的趣味，与眉公一样别有怀抱。

《幽梦影》为张潮一人之论，文辞锦绣，以一当十，与《小窗幽记》中的群贤比读，亦无愧之。张潮是语言大师，并以一往情深翘楚。

天给了他才气，他用天眼看世事，事无大小皆文章；神给了他一支笔，所过花草树木、历史遗踪甚至日常琐碎，便都有了醒人精神的仙气；父母给了他仁慈之心，他总能以优雅的反讽、浓缩的诗意、温和的点拨，给予读者精悍的修辞格调，点亮我们惰于惯常的昏蒙。

有人说，《幽梦影》"那样的旧，又是那样的新"，是说常识如故旧，而张潮则能从我们习以为常的故旧中看到新。比如，他看柳，看花，看书，对着四季轮回的旧事物自言自语，却总能提亮人心被蒙尘遮蔽的幽暗处。

他亦痴，直痴如女娲补天遗下的那块石头。他直言不讳："若无花月美人，不愿生此世界，若无翰墨棋酒，不必定作人身。"既然他对人生抱有如此的乐观，我们就不要辜负他的治愈力。

读他的书也许会因"文过于质"而审美疲劳，可读书总不是一件轻松的事儿。而读"两幽"则更有一种"璀璨的阴影"之华美。

## 三 —— 晚明以来士人心灵艺文志

明中叶以后，文坛上流行一种清丽的小品文体，短小精悍，格言款式，说着性灵的话语，句子很甜，像只花丛中的蝴蝶，在生活的花园里吮吸；句子很人性，像个愤世嫉俗的青年，灵魂对肉身的惊异发现，开始放纵一种自我审美的张力；句子很愁苦，像位饱经苦难经验的老人，回忆当年不知苦滋味的鲁莽。而对于这些应接不暇的巨人艺语，再也没有比小品文更为应景的款式了。

**张岱有个陶庵梦**

汉文化从周公制礼作乐到明末甲申国变，积攒了两千六百多年的风华至明朝末年而绝代。张岱的审美生涯，就是在这样一帧锦如汉赋的终极篇章里徜徉走过的。对汉文化繁复的精致与极致的精美，他那份单纯的沉醉，却表现如饕餮，以他那颗冲破伪道学之后便一发不可收拾的性灵之心，乐此不疲在物欲缤纷的世界里，展示他的名士风流，骚动上流社会追逐名士以及名士手上的长物风流。

可耗尽他倾情大半生的华美，对于大明王朝来说，却不过是回眸的一抹惊艳。1644 年清人入关，大明江山如多米诺骨牌，从北向南最后一块倒在这枚"性灵纨绔"的脚前，他以历史之眼观摩了这场王朝易代的演出。好友苏松总督祁彪佳在杭州沉池殉明，而另一位好友大明的太子少保、户部尚书、文渊阁大学士王铎，与大明的礼部尚书钱谦益，则在清人兵临南京城下时，携手打开城门，亲自迎清军入城。

此情此景，张公子怎么办？张岱没有功名，可以不殉国，也不必殉国，那国不过是一家一姓的朱家王朝，而他的江山在文化，文化的江山里的精华就在他的脑子里、身体里，与他的生命共一体，他要将文化的江山保存下来，传承下去，他还不能死。他在《陶庵梦忆》"自序"中说："陶庵国破家亡，无所归止，披发入山。……每欲引决，因《石匮书》未成，尚视息人世。然瓶粟屡罄，不能举火，……饥饿之余，好弄笔墨。"

去冬还轻裘珍馐，今冬却无钱举火，这种从巅峰跌入深渊的体验，如梦中惊醒，提示他作为兴亡遗续的使命。祁彪佳殉明前，叮嘱张岱不能死，汉人的历史唯张岱这般锦绣人物才能完成。

跌入深渊反而踏实了，就在深渊里写作。记得林风眠先生说的："我像斯芬克斯，坐在沙漠里，每一个时代皆自誉为伟大的时代。可伟大的时代一个接一个过去，我依然沉默。"

历史呼啸而过，王朝是历史之鞭下的陀螺。

张岱不再恣意放纵，不再叛逆，而是沉浸在深渊里静默观看，回忆思索如梦一般的绝代风华。

对痴人不能说破梦，于是，他痴于梦而将醒沉于梦底。王国维与张岱一样痴，却又绝望于梦醒，于是，将醒沉于湖底。而张岱在梦底，每忆一美，每一忏悔，每一记之，每一泣之。

这期间，他完成了《石匮书》这部重要的史学著作，以告慰他的老友祁彪佳。当年他想与祁彪佳同殉大明，老友不允，嘱他汉人的历史要汉人来写，要他活下去，完成《石匮书》。他有这个能力，可以说他甚至比谈迁、万斯同、查继佐更有资格列为"浙东四大史家"之一。

《陶庵梦忆》留住了文化的根，无论阳春白雪，还是市井玩好等诸般，都在他伤心的俏皮绝句里纷纭呈现，是一部两千年汉文化的百科全书。

这是一卷张岱手里的"清明上河图"，从十二世纪到十七世纪，从北宋末宣和年到大明末崇祯年，从开封汴梁走到会稽山阴，襟带扬淮、金陵、苏、杭，汉文化走了五百多年的锦绣之路，以其丰赡培养了一批百科全书式的士人精英。

《陶庵梦忆》在前，《红楼梦》在后，张公子的痴狂启示了贾宝玉的叛逆，又无可奈何轮回为世俗观念中的痴癫，最终被逼向出世；而曹雪芹的痛惜与悲悯，则在缅怀张岱那一时代的华彩中萃取并挽留了中国古典风范。一部伟大的作品，必有诗性和人性打底子，表现苦涩的时代之狂。

明代狂人多，"狂"的代表有两位，一位是思想家李贽，另一位是艺术家徐渭，此二人皆以"狂"名世，亦因"狂"而被世人铲除。李贽是狂人的先驱，徐渭是张岱的前辈；李贽要我理我穷，我物我格，其狂若高高山顶行；徐渭则要泼墨大写意，其狂光芒夜半惊鬼神。

徐渭去世的第四年，山阴同郡张岱出生。张岱少年时就痴嗜徐渭之狂格，遍访搜集徐渭诗稿，二十六岁时刊印《徐文长逸稿》。狂人陈眉公是张岱的父辈，也是他的忘年交；狂人陈洪绶是张岱形影不离的至交同伴。

清人入关，国变传来，陈洪绶正寓居徐渭的青藤书屋，悲痛欲绝，纵酒大哭。张岱在《陶庵梦忆》里说他这位兄弟，国亡不死，不忠不孝，其实那是在痛责自己。去年还同王铎泛舟杭州水上，谈书论画，转年就看他开南京城门投降清人，以张岱的痴狂，内心将起怎样的波澜？

葬完义士祁彪佳，陈洪绶作陪，张岱在自家府邸，接驾鲁王朱以海，并请鲁王观赏自家戏班演出的《卖油郎》，以此绝唱辞别鲁王，归隐山林，表明自己的决绝心迹。几年后，他的次子欲博取功名，去参加大清顺治十一年的省试，寄身于异族篱下为臣。想来他也别有心情，一种烟波各自愁吧。幸亏还有一座文化的江山，"愁"还有个去处，在《陶庵梦忆》里慢慢纾解。

晚明士人心苦，在资本主义萌芽的商品经济中，他们以放纵寻求自由独立的人格样式，以"痴狂"的天真与稚嫩，从太湖流域啸傲到西湖岸边，以为找到了新时代的自我定位。

"痴"如一盏灯，可以风雨夜行，做一番独特的游历；"狂"如一把火，如一道闪电，如一个霹雳，就如同闻一多诗里说的"爆一声咱们的中国"。但一切还未及成型，便被野蛮打得七零八落，凋零一片了。

文明倒挂了，落后战胜了先进。明亡后，在这巨大的历史时差中，顾炎武似乎想通了一件事，那就是：亡明可以，不能亡天下。而天下就是中国文化，读书人要守住文化的根，做最后的抗争，天下兴亡，匹夫有责。

《陶庵梦忆》以审美的眼光，一边扫描文化中国，一边留下了珍贵的中国文化之遗产。今天，我们读狂人书，似乎可以触摸到文明的哀伤。

《陶庵梦忆》是晚明繁华世相的一个立此存照，张岱是悲凉的，他披发归隐，不与新朝合作，将生命终止于前朝旧梦中，供后人凭吊。

**李渔把生存过成诗**

明清之际，历史轰然飙过，尘埃落定之后，新秩序下，人们还得照旧生活。生活与生存不同，生存可以将就，而生活就要讲究；生存遵循自然规律，而生活得遵循价值规律。生老病死是自然规律，荣辱得失是价值规律。李渔在《闲情偶寄》里告诉我们"闲情"是生活，生活是生存的偶得，必须料理好生存，生活的感应频率才会显现，在生存之闲时必须锦上添花，才是人的生活。

不必忌讳锦上添花，"添花"应该是人生的坐标。

李渔的一生，是一介寒士的奋斗史。

他总是涉险于贫困的边缘，起伏如冲浪，但无论浪尖还是谷底，无论前浪还是后浪，他始终会坐在浪尖上，抓住瞬间的峰巅，钟情于生活的审美，沉浸在生活的所有细节与趣味里，顽强地活出品位来。他对生活的挚爱，使他给予《闲情偶寄》的精神基调，是一个不可救药的乐观主义者的执着。他写作，带戏班子演戏，携一大家人游历，品吃、养生、造园子，把一个"芥子园"营造成生存与生活的"两重天"。事实上，有关生活的品位，他都不妥协。

李渔比张岱小十几岁，和张岱为同代人，两人生活时间重叠，但他早于张岱而逝。他们，一个生活在过去的回忆里，一个生活在当下。隐居后，张岱开始写《陶庵梦忆》，直到一百三十年后，乾隆四十年（1775年），这本书才面世。而李渔五十六岁时，便开始总结他的戏剧理论和生活美学，着手著《闲情偶寄》，1671年刻印全稿，与张岱的《西湖梦寻》同年付梓。看来，李渔没有读过《陶庵梦忆》，甚至在写作《闲情偶寄》时，亦未睹《西湖梦寻》。而张岱则有可能知道或看过《闲情偶寄》？不知两人是否有过交集，以张岱对戏曲的痴，不会不知道李渔，他在《陶庵梦忆》里说："余尝见一出好戏，恨不得法锦包裹，传之不朽。尝比之天上一夜好月，与得火候一杯好茶，可供一刻受用。"这说明他们"性相近"呐，也许他们因生活于不同圈子而"习相远"。一个是富家纨绔，一个是乡里村娃，习惯必然霄壤。

李渔萍寄杭州发展时，张岱在绍兴快园隐居，还时常泛游西湖。不过，那时张岱已经隐逸，写作、挑水、莳田；而李渔正一边游走于达官贵人的府邸讨生活，一边在市场里寻求安身的方寸，以他有骨有节有性灵的审美原则，才不致沉沦于"唯物"的生存。

李渔身上有市井气，这是张岱不具备的。李渔是金华兰溪伊山头村人，游埠溪从村里流过，舟行数里，就到了游埠镇码头。码头，唐初就建了，唐代诗人戴叔伦曾放棹兰溪，有诗句"兰溪三日桃花雨"，此后有几位大诗人都来过。小时候，李渔常从游埠镇码头乘船到衢州看各种戏班子演戏。那时，镇上百业兴旺，码头有"三缸"（酱、酒、染）、"五坊"（粮、油、炒、磨、豆腐）、"六行"（米、猪、柴炭、茧、竹木、运输）、"十匠"（铁、锡、铜、木……）等，四方贾商云集。

中国士人一般都会自带诗文气，而对市井气则避之唯恐不及。一介寒士在体制外生存，必须有市井气。李渔就是这样，可以建园造景，可以自带戏班子，亦可写畅销书。不愉快就迁徙辗转，把一个大家庭背在肩上，或建在书斋园林中，一家人过着自由平等真爱的生活，艰难的生活硬给他过成了一首有结构的诗。

《陶庵梦忆》也写市井玩好，但那是"隔岸观火"式的观察与审美，而李渔则生活其中，被人以"俳优"鄙之。张公子是真"闲情"，他有富庶的家底和才情供他尽情挥霍，而李渔则是忙里偷"闲"，对他来讲，忙是生存，"闲"是生活，生活是精神和心灵上的闲暇，他只要有才情一项技能仅供差遣就够了。他没有像张岱那样披发归隐，而是选择了剃发，他把头发上交了大清王朝，算作"人头税"，同时，他把大脑以及情感与思想，作为"投名状"入伙了文化的江山，他要在文化的江山里艺术地活着。总之，李渔和张岱各持各的人格操守，各有各的命运吧。

汉文化到晚明的精致样式，定格在《陶庵梦忆》里，又在《闲情偶寄》里鲜活。林语堂说《闲情偶寄》可以看作是新一代中国人艺术生活的指南。

李渔还有一股豪杰气，一生结交很多朋友。在南京与曹雪芹的曾祖江南织造曹玺有走动，与曹雪芹祖父曹寅是忘年交，看来在《红楼梦》之前，那些经历易代的士人，不约而同对即将终结的晚明文化进行了一次重启式的彩排。如果说"重启"是一次文艺复兴的话，那么《红楼梦》则是这一次彩排的伟大成果。

**沈三白浮生沧浪**

北宋庆历年间，一位诗人在体制内很郁闷，便从开封府往"水是眼波横，山是眉峰聚"的锦绣江南去，在江枫渔火处，购得一园，开始经营起自家的精神据点。

诗人临水筑亭，心似沧浪，故名之曰"沧浪亭"，自号"沧浪翁"，此乃苏子美也。

此后，光阴似箭，穿越了两三个王朝，又来了一介布衣书生，姓沈，名三白，身旁还有一位女子，亭亭玉立，眼色纤纤地落在潮湿的苔藓、古树皮的褶皱中，如惊鸿一瞥，那便是芸娘了。

俊男美女，轻罗小扇，借住于沧浪亭，伏于窗前月下，清风徐来，暑气顿解，品花赏月，其乐何之！

十八世纪的沧浪亭，还是可以登叠石远眺的。中秋日，三白携芸娘登亭赏月，晚暮炊烟四起之际，二人还可以极目四望，见西山，水连天，一片疏阔。

三白时时慨呼："幸居沧浪亭，乃天之厚我！"芸娘也常叹："自别沧浪亭，梦魂常绕。"那时三白困窘，倒也闲暇清淡，卖画为生，布衣蔬食，有芸娘相伴，可谓知己，然而，人有病，天知否？

沈三白，略晚于曹雪芹，两人身世、性情相似，都能诗会画，一个写了《浮生六记》，一个作了《红楼梦》，都有凄美的爱情故事，滋生在情感的原始湿地里，过着远离清廷体制的性灵生活。《浮生六记》中的"闺房记乐"，带给读者对爱情的审美寄托，不输于《红楼梦》的"宝黛"悲剧。沈三白与妻子芸娘，在沧浪亭里浮生，烹茶煮字，品花赏月，日子虽时有捉襟见肘，但他们物欲不高，日子过得如诗如画。三白喜谈《战国策》和《庄子》，前者是入世的，后者是出世的。芸娘也有自己的审美，她说学"杜诗之森严，不如学李诗之活泼"，根性里与夫君心有灵犀。

"人弃我取"是三白的生活美学观,他和芸娘的居所,名之为"我取轩"。可惜,怎奈红颜薄命,芸娘独自西去。三白笔下,不依不饶的悼亡,将芸娘兰心蕙质、典雅朴素的气度美,定格为中国文化对女性审美的标杆。

十九世纪末,王韬的妻兄在苏州的一个冷摊上,发现了沈三白的这本自传残稿,经王韬之手,《浮生六记》才得以流传后世。不知这位三白公子是怎样倾慕李白,反正,他以自己的一生,诠释了"浮生若梦,为欢几何"的诗眼人生。

三白只是记录自己的生活方式,而我们看到的却是一介布衣可供审美的自选集。人在"沧浪"中浮生,不仅可以像苏子美那样高蹈隐居,还可以像沈三白这样平淡地过日子。

林语堂读罢《浮生六记》叹曰:芸娘之美不可及。曹聚仁云游至沧浪亭,忽有所悟,叹息道:在那样精致的曲榭中,住着沈三白这样的画家,配着陈芸这样的美人,是一幅很好的仕女图,只有在工笔画里才能看到。

读《浮生六记》如品古画。

上大学时读丹纳的《艺术哲学》,厚厚的一大本。只记得被一句话如电火行空般击中,大意是每个人内心都会为艺术留有一小块方寸之地,只是看你有没有发现它。那一刻我发现了它,那蒙尘已久的对美的冲动就这样被擦亮了。是丹纳打开了我的审美天窗,使我坚信美与生俱来,是人性的元色、真善的底色。

读书,知性的参悟与知识性的了解是不同的,也许就是一个缘吧。我想,这十七本书以及它们的作者,都拥有一句话的审美启迪之力,阅读它们,得之一体一言足矣。

# 译者序

《小窗幽记》（实为《醉古堂剑扫》）一书，旧题为"眉公陈先生辑"，陈眉公即陈继儒（1558—1639），字仲醇，眉公是他的号，他是晚明名士，长期隐居，交游广阔，著作甚多，在当时影响很大，但本书其实并不是他所作。对于这个问题，清风先生做过精审的考证（参见其译注《小窗幽记》前言），在此只简单说说几个最重要的理由：

第一，目前见到的《小窗幽记》最早的版本为清乾隆三十五年（1770）问心斋刻本，除了这种本子题名为"眉公陈先生辑"外，在此之前没有任何证据表明陈继儒有此种作品。

第二，明天启四年（1624），陈继儒67岁，《醉古堂剑扫》问世，其书与《小窗幽记》的绝大部分内容是相同的，辑纂者为陆绍珩。

第三，在《醉古堂剑扫》的"参阅姓氏"（参阅即参与校阅，多是挂名来给书添些噱头）中，陈眉公的大名就列在首位，列出的"采用书目"中也有陈继儒的作品《眉公秘笈》《岩栖幽事》，这也能说明《醉古堂剑扫》的作者不是陈继儒。

综合以上几点，《醉古堂剑扫》的辑纂者应为陆绍珩，应该是此书刊出后在国内流布不广，而陆氏声名不显，乾隆时期书商借陈继儒之名重新以《小窗幽记》的书名刊行牟利，于是就有了后来的误传。值得注意的是，此书在日本一直以本来面目流传，今存日本嘉永六年的刻本，更是善本。另外，在清雍正七年（1729）李家声就先盗窃此书题为《山房积玉》刊行，影响不大。

本次注译，限于丛书体例，仍题为《小窗幽记》，署陈氏之名。随着大家对《醉古堂剑扫》越来越熟悉，恢复陆氏辑纂之事实应该会实现。

根据《醉古堂剑扫》的内容，我们只知道：陆绍珩，字湘客，松陵（今江苏吴江）人，号称是唐代诗人陆龟蒙（号天随子）的后人。他在自序中说：

> 昔人云："一愿识尽世间好人，二愿读尽世间好书，三愿看尽世间好山水。"或曰："尽则安能？但身到处，莫放过耳。"旨哉言乎。余性懒，逢世一切炎热争逐之场，了不关情。惟是高山流水，任意所如，遇翠丛紫荇，竹林芳径，偕二三知己，抱膝长啸，欣然忘归，加以名姝凝眄，素月入怀，轻讴缓板，远韵孤箫，青山送黛，小鸟兴歌，侪侣忘机，茗酒随设，余心最欢，乐不可极。若乃闭关却扫，图史杂陈，古人相对，百城坐列，几榻之余，绝不闻户外事，则又如桃源人，尚不识汉世，又安论魏晋哉？此其乐，更未易一二为俗人言也。第才非梦鸟，学惭半豹，而一往神来，兴会勃不能已，遂如司马公案头常置数簿，每遇嘉言格论、丽词醒语，不问古今，随手辄记。卷以部分，趣缘旨合，用浇胸中傀儡（块垒），一扫世态俗情。致取自娱，积而成帙。今秋落魄京邸，睹此寂寂，使邓禹笑人，未免有情，亦复谁能遣此？因共友人问雨花之址，寻采石之岩，江山历落，使我怀古之情更深，乃出所手录，快读一过，恍觉百年幻泡，世事棋枰，向来傀儡（块垒），一时俱化。虽断蛟剚笔之利，亦不过是。友人鼓掌叫绝曰："此真热闹场，一剂清凉散矣。夫镆铘钝兮铅刀割，君有笔兮杀无血，可题《剑扫》，付之剞劂。"予曰："一编自手，率尔问世，得无为腹笥武库者嗤乎？予笥不能尽书，余目不能尽笥，余手不能尽目，安用此戋戋者？"友曰："不然，清史浇肠，筏言洗胃，片语只字，皆可会心。但莫放过，何以多为？"余唯唯，捐管书之，以识予逢世之拙，聊以斯编寄趣云。
>
> 时甲子重阳陆绍珩题

这里的甲子，正是明熹宗天启四年（1624）。结合他的自序与每一集前的小序来看，陆氏是一位胸有不平之气却无法有所作为，只好寄情于山水笔墨的士人，他生当晚明国事难为之际，平日就有心收集一些名言警句，最终编成了这样一本集子。

本书为辑录其他作品中的文字而成，在辑录的过程中或有改易。作者自己列出所采书目如下：

史记　汉书　渊明别传　唐书　唐语林　唐世说　鲁望集　欧阳漫录　东坡外稿　山海经　博物志　苏米谭史　古逸史　世说新语（补正）　皇明通纪　明世说　太平广记　玉堂闲话　见闻纪训　杨升庵丽句　尧山堂外纪　冷斋夜话　挑灯集　初潭集　唐伯虎集　祝枝山集　遵生八笺　眉公秘笈　松窗杂录　国史　婆娑园语　何氏语林　岩栖幽事　倩园快语　王百谷集　招隐集　清适编　芸窗清赏　小窗五纪　舌华录　白氏长庆集　骆宾王集　汉武内传　青楼韵语　李氏藏书　徐文长集　焦太史集　三袁文集　漱石闲谈　闲情小品

实际采录的，应当还不止上述作品。这些作品中，有的作品本又抄录了其他作品中的文字，加上陆氏有意无意的改动，故而考索《醉古堂剑扫》书中条目的出处也就变得格外艰难。根据许贵文先生的研究，本书采录得最多的有洪应明《菜根谭》（120余条）、吴从先《小窗自纪》（120余条）、陈继儒作品（数十条）、屠隆《婆罗馆清言》与《续婆罗馆清言》（40余条）。（参见许贵文《醉古堂剑扫研究》）

本书分醒、情、峭、灵、素、景、韵、奇、绮、豪、法、倩共十二集，收录历代格言警句1500余条（具体数字因各本分段不同而略有出入），内容十分丰富，所以有人称它为晚明清言小品集大成之作，不无道理。它具备清言小品的优点，那就是言简意丰，几乎每个人都能从中找到心宜的句子，获得高级的审美体验。当然，它也具备一般清言小品的缺点，那就是刻意标榜，流于做作。这些，相信读者在阅读过程中自有判断。

有人将本书与《菜根谭》《围炉夜话》合称为"处世三大奇书"，这个说法，可说有一定道理。《菜根谭》胜在深刻，《围炉夜话》胜在平实，本书则胜在多姿多彩。十二集其实可以归结为三大类：出世、入世、情爱，这也是许多人的精神发展历程中必须要面对的三类问题。

三书合读，相信读者对于明清时期知识分子的精神选择会有一定的了解，同时，对于我们今天为人处世也会有参考价值。从文学层面来说，本书旁征博采，文采可说是最突出的，在阅读过程中，不时就会出现精妙的语句，让人眼前一亮。

因沿用《小窗幽记》之名，本次译注，以乾隆三十五年刻本为底本，以日本嘉永六年（1853）刻本《醉古堂剑扫》（常足斋藏板）参校。限于丛书体例，各条一般不注明出处（对理解原文有帮助的除外），陆氏所辑之文，或有改易，能说通的保留，不轻易改字。实在不通的，查对原文校改，不出校记。前面出现过的典故，后面不再详注。

在翻译过程中，笔者尽量简约落笔以保持原文味道，有些浅显的条目，不译或改动一两字，是谓"以不译译之"。有的内容，辑者编入两处，也能见出辑者的趣味，不做特别说明。

本书在译注过程中从许贵文先生的著作《小窗幽记译注》与《醉古堂剑扫研究》受惠特多，对清风先生的著作也有所参考，在此对二位前辈表达由衷的敬意。注释时使用的工具书主要为《汉语大词典》（上海辞书出版社，2008年）。本人才疏学浅，勉力译注此书，必有许多不足之处，还望方家读者批评指正。

要说明的是，本次限于丛书体例，出版的只是全书部分原文及注释，全集之梓，留待来日。

| 卷一 醒 | 1 |
| --- | --- |
| 卷二 情 | 23 |
| 卷三 峭 | 33 |
| 卷四 灵 | 41 |
| 卷五 素 | 57 |
| 卷六 景 | 85 |
| 卷七 韵 | 107 |
| 卷八 奇 | 129 |
| 卷九 绮 | 151 |
| 卷十 豪 | 167 |
| 卷十一 法 | 187 |
| 卷十二 倩 | 205 |

卷一 醒

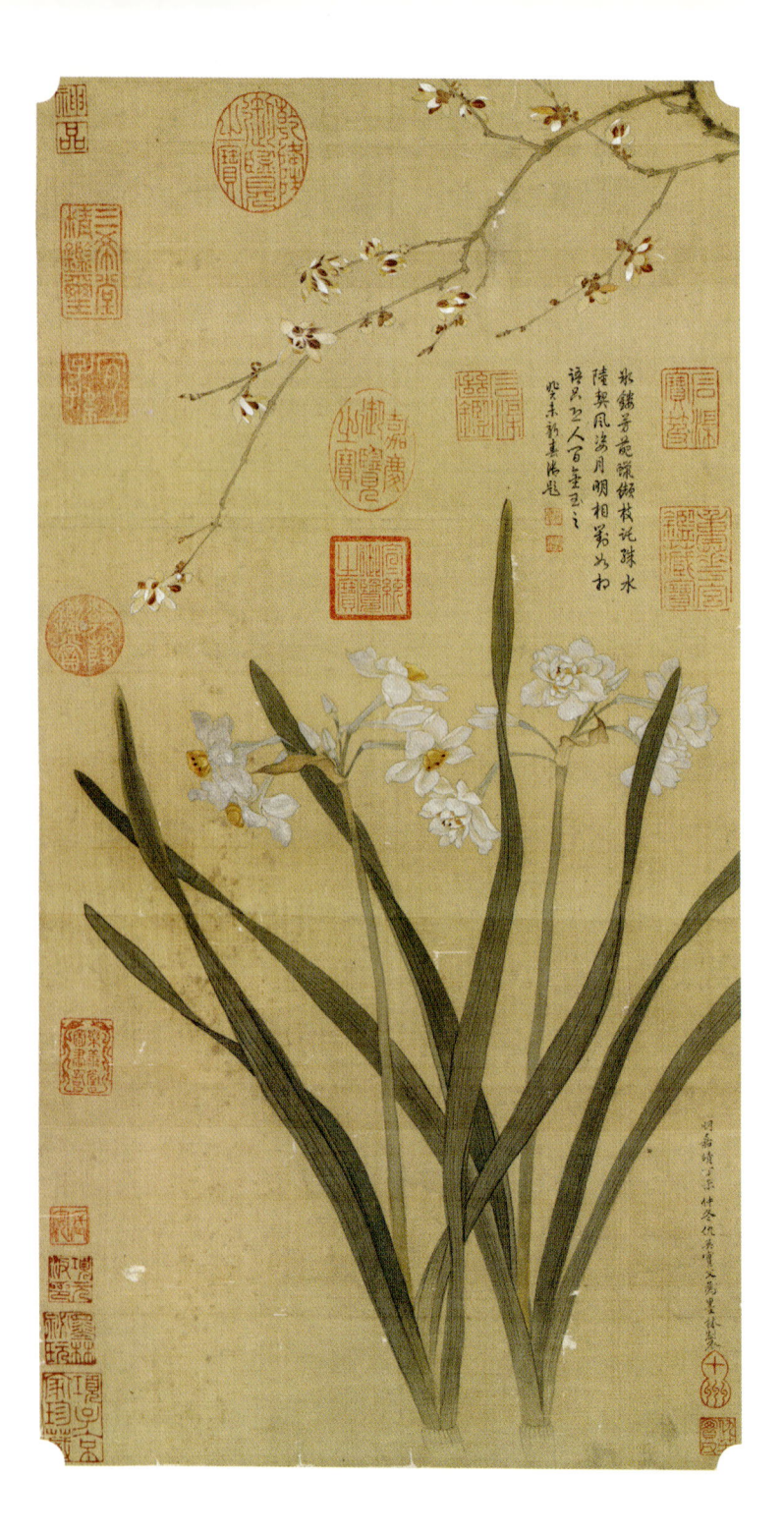

明 — 仇英 — 腊梅水仙图

食中山之酒，一醉千日❶。今世之昏昏逐逐，无一日不醉，无一人不醉，趋名者醉于朝，趋利者醉于野，豪者醉于声色车马，而天下竟为昏迷不醒之天下矣，安得一服清凉散❷，人人解醒❸？集醒第一。

注释

❶中山二句：晋代干宝《搜神记》："狄希，中山人也，能造千日酒。饮之，千日醉。"
❷清凉散：中药名，此喻让人平息追逐之心的良言。
❸醒（chéng）：醉后神志不清。

译文

饮中山人狄希酿的酒，一醉就会千日。当今世上昏沉奔忙的人，没有一天不醉，没有一人不醉——求名的醉在朝廷，求利的醉在民间，豪奢的醉在声色犬马——天下竟然变成了昏迷不醒的天下！怎能有一服清凉散，让人们从沉醉中醒来呢？

第一集：醒。

宋 — 黄居寀 — 花卉册

**花繁柳密处，拨得开才是手段；
风狂雨急时，立得定方见脚根。**

译文

花繁柳密之处，能拨得开，才是真正手段；风狂雨急之时，能立得定站稳脚跟，才是有魄力。

**使人有面前之誉，不若使人无背后之毁；
使人有乍交之欢，不若使人无久处之厌。**

译文

让人当面赞誉自己，不如让人在背后不毁谤自己；初次交往感到愉悦，不如不产生长久相处的厌烦。

**遇沉沉不语之士，切莫输心；
见悻悻自好之徒，应须防口。**

译文

遇到深沉不言的人士，定不能表露真心；见到傲慢自大的小人，必须要防住自己的口。

**议事者身在事外，宜悉利害之情；
任事者身居事中，当忘利害之虑。**

译文

议论事情的人身在事外，宜了解利害的实情；承担事情的人身居事中，应忘记利害的顾虑。

**情最难久，故多情人必至寡情；**

明 — 陈洪绶 — 水仙灵石图

**性自有常，故任性人终不失性。**

### 译文

情意最难长久，多情到极致就是无情；本性自有常情，因而任性的人也是性情中人。

**凡情留不尽之意，则味深；**
**凡兴留不尽之意，则趣多。**

### 译文

但凡感情留下无尽的意味，则情味深长；但凡兴味留下不尽的意韵，则意趣多有。

**留七分正经以度生；留三分痴呆以防死。**

### 译文

人生一世，要留七分正经，三分痴气。

**轻财足以聚人，律己足以服人，**
**量宽足以得人，身先足以率人。**

### 译文

轻财好施，足以聚引他人；严于律己，足以让人信服；气量宽和，足以获得人才；身先士卒，足以率领众人。

**大事难事看担当，逆境顺境看襟度，**
**临喜临怒看涵养，群行群止看识见。**

### 译文

遭逢大事、难事，才能看出一个人的担当；遭遇逆境、顺境，才

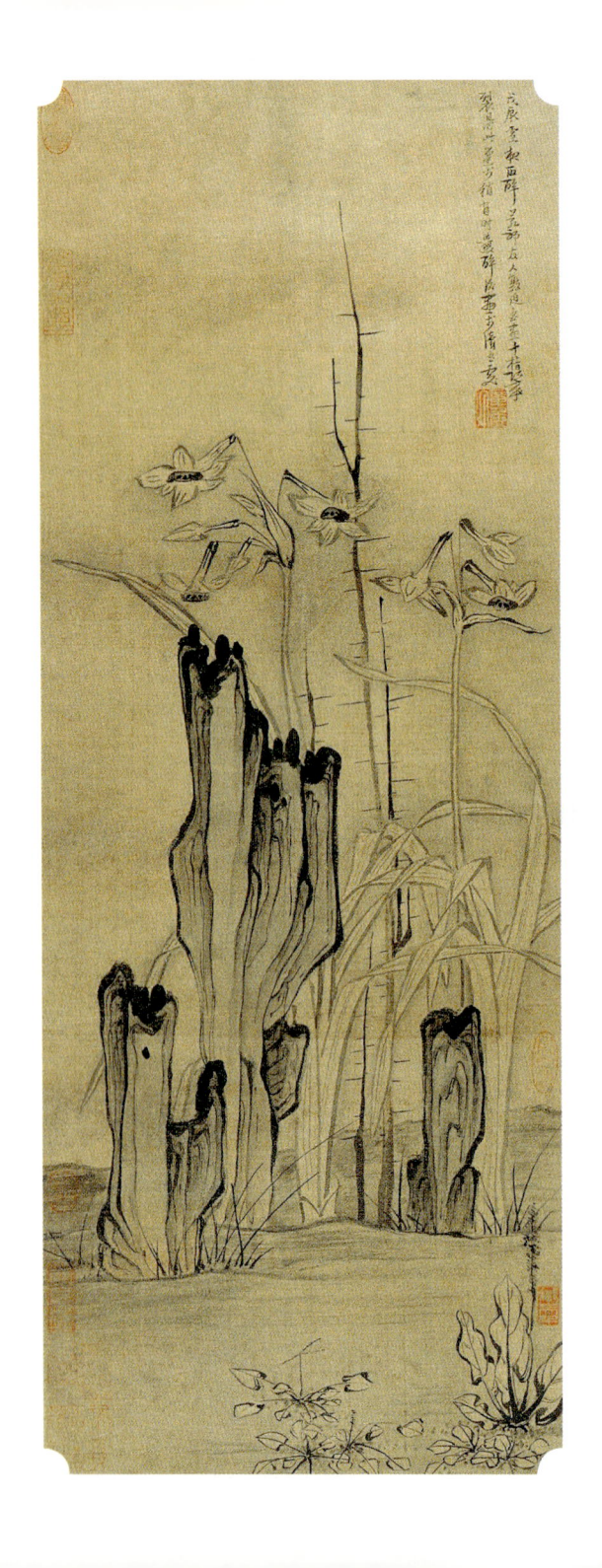

明 — 陈洪绶 — 水仙湖石图

能看出一个人的气度；面临欢喜、愤怒，才能看出一个人的涵养；众人或动或停，你却有自己的判断，这才能看出独特的见识。

> 安详是处事第一法，谦退是保身第一法，
> 涵容是处人第一法，洒脱是养心第一法。

**译文**

安详是为人处事第一法则，谦让是保全身体第一法则，宽容是对待他人第一法则，洒脱是修养心性第一法则。

> 处事最当熟思缓处。
> 熟思则得其情，缓处则得其当。

**译文**

处置事务最应深思熟虑再从容处理。深思熟虑就能考虑清楚实情，从容处理才能用到最合宜的方法。

> 轻与必滥取，易信必易疑。

**译文**

轻易就施予的人，必然随便夺取；轻易就信任他人的人，必然多疑。

> 良心在夜气❶清明之候，
> 真情在箪食豆羹❷之间。
> 故以我索人，不如使人自反；
> 以我攻人，不如使人自露。

**注释**

①夜气：夜间的清凉之气。儒家用来指晚上静思所产生的良知善念。

南宋 — 马麟 — 梅竹图页

②箪食豆羹：箪、豆都是古代器皿，一箪饭食，一豆羹汤。指少量饮食，也比喻小利。

**译文**

良心在夜间清凉、静思自身时最明晰，真情在日常生活、一饭一汤中最易体现。所以，用我的标准要求别人，不如让他自我反省；用我的观点攻击别人，不如让他自行显露。

### 才人经世，能人取世，晓人逢世，
### 名人垂世，高人出世，达人玩世。

**译文**

有才华的人经营世务，有能力的人谋求世上的功绩，明达事理的人选择适合的世道，声名显著的人流传后世，志行高尚的人远离人世，心智通达的人游戏人世。

### 神人之言微，圣人之言简，贤人之言明，
### 众人之言多，小人之言妄。

**译文**

神人的话语精微，圣人的话语精简，贤人的话明智，一般人的话啰唆，小人的话虚妄。

### 能受善言，如市人求利，
### 寸积铢累❶，自成富翁。

**注释**

①寸积铢累：形容一点一滴地积累。寸：古代长度单位。
铢（zhū）：古代重量单位。

南宋 — 马麟 — 梅竹图页

**译文**

能听进别人的好意见,就如同做商人谋求利益,一点一滴积累,自然会成为富翁。

> 善默即是能语,用晦即是处明,
> 混俗即是藏身,安心即是适境。

**译文**

善于沉默就是能说会道,韬光养晦就是处事明白,混同俗情就是善于藏身,心境和平就是处境安适。

> 以理听言,则中有主;
> 以道窒欲,则心自清。

**译文**

按事理来听取别人的话语,则心中自有主张;用正道来阻塞心中的欲望,则心境自然清净。

> 先淡后浓,先疏后亲,
> 先远后近,交友道也。

**译文**

先淡然再浓厚,先疏远再亲近,先远观再近交,这是交友之道。

> 寂而常惺❶,寂寂之境不扰;
> 惺而常寂,惺惺之念不驰。

**注释**

①惺:清醒。

山禽矜逸態
梅粉弄輕柔
已有丹青約
千秋指白頭

北宋 — 趙佶 — 臘梅山禽圖

**译文**

寂静中常保持清醒,那么寂寞的情境也不能扰乱心志;清醒中常怀着寂静,那聪明机灵的念头也不会失控飞驰。

**挥洒以怡情,与其应酬,何如兀坐;
书礼以达情,与其工巧,何若直陈;
棋局以适情,与其竞胜,何若促膝;
笑谈以洽情,与其谑浪,何若狂歌。**

**译文**

挥毫洒墨是为怡情养性,与其忙于应酬,不如端坐书写;书信答礼是为了传达情感,与其工整巧言,不如直陈其事;棋局对弈是为了顺情适性,与其竞争胜负,不如促膝谈心;言谈说笑是为了情感和融,与其戏谑放荡,不如纵情狂歌。

**士人不当以世事分读书,当以读书通世事。**

**译文**

读书人不应当用世事来分辨读书之事,而是应当通过读书来通达世事。

**天下之事,利害常相半;
有全利而无小害者,惟书。**

**译文**

天下的事情,好处害处常各占一半;全是好处而没有一点害处的,只有读书。

**会心之语,当以不解解之;**

元 — 佚名 — 梅花水仙图

### 无稽之言，是在不听听耳。

**译文**

会心的话语，就当用不解释去解读；没有根据的言论，还是以不听的方式去听才好。

### 藏不得是拙，露不得是丑。

**译文**

隐藏不得的是愚拙，显露不得的是丑恶。

### 开口辄生雌黄月旦❶之言，吾恐微言将绝；捉笔便惊缤纷绮丽之饰，当是妙处不传。

**注释**

①月旦：品评人物。《后汉书·许劭传》："初，劭与靖俱有高名，好共覈论乡党人物，每月辄更其品题，故汝南俗有'月旦评'焉。"

**译文**

开口就是褒贬品评的话，我担心精微的语言将消失；提笔就写繁盛华丽的语句，恐怕真正妙处反不能传达。

### 平生不作皱眉事，天下应无切齿人。

**译文**

平生不做让人皱眉不喜的事，天下应无对我咬牙切齿的人。

### 吉人安祥，即梦寐神魂，无非和气；凶人狠戾，即声音笑语，浑是杀机。

**译文**

善人心境安详,即使梦中神魂,也都是和气;恶人凶狠残暴,即便声音笑语,也全是杀心。

**能脱俗便是奇,不合污便是清。**

**译文**

能摆脱俗气就是奇,不同流合污就是清。

**处巧若拙,处明若晦,处动若静。**

**译文**

处世巧妙却像是愚拙,处世明白却像是糊涂,处世灵动却像是沉静。

**真放肆不在饮酒高歌,**
**假矜持偏于大庭卖弄。**
**看明世事透,自然不重功名;**
**认得当下真,是以常寻乐地。**

**译文**

真放达不在于饮酒高歌,假矜持倒总是在大庭广众卖弄。世事看得透彻,自然不重视功名;当下认识得真切,所以总寻找快乐之地。

**富贵功名,荣枯得丧,人间惊见白头;**
**风花雪月,诗酒琴书,世外喜逢青眼[①]。**

**注释**

①青眼:指对人喜爱或器重。与"白眼"相对。《晋书·阮籍传》:"籍又能为青

白眼,见礼俗之士,以白眼对之。"阮籍,字嗣宗,三国时期魏国诗人。

#### 译文

富贵功名,盛衰得失,在人间惊心见到自己白头;风花雪月,诗酒琴书,在世外欣喜遭逢高人青眼。

## 涉江湖者,然后知波涛之汹涌;
## 登山岳者,然后知蹊径之崎岖。

#### 译文

渡江湖才知道波涛汹涌,登高山才知道路径崎岖。

## 人生待足何时足?未老得闲始是闲。

#### 译文

人生总想等到足够,什么时候才是足够?还未老去便得悠闲,才是真的得了悠闲。

## 旧无陶令酒巾❶,新撇张颠❷书草,
## 何妨与世昏昏,只问吾心了了。

#### 注释

① 陶令酒巾:《宋书·隐逸传·陶潜》:"郡将候潜,值其酒熟,取头上葛巾漉酒,毕,还复著之。"
② 张颠:唐代书法家张旭,善草书。《旧唐书·文苑中》载:"旭善草书,而好酒,每醉后号呼狂走,索笔挥洒,变化无穷,若有神助,时人号为张颠。"

#### 译文

过去就没有陶渊明漉酒的头巾,新近又放下了张旭的草书,唉,何妨在世上随波逐流,只要我内心清醒明了。

云烟影里见真身,始悟形骸为桎梏;
禽鸟声中闻自性,方知情识是戈矛。

### 译文

云烟影里,看见真正的自我,这才领悟形体是拘人的枷锁;禽鸟声中,听出不灭的本性,这才知道情欲是伤身的利器。

事理因人言而悟者,
有悟还有迷,总不如自悟之了了;
意兴从外境而得者,
有得还有失,总不如自得之休休。

### 译文

事物道理因为别人的话才领悟的,悟了也还会迷失,总不如自己领悟清楚明白;意趣兴致从外部境界才获得的,得到也还会失去,总不如得自内心的悠闲安乐。

定云止水中,有鸢飞鱼跃的景象;
风狂雨骤处,有波恬浪静的风光。

### 译文

不动的云倒映水中,却有鸢飞鱼跃,生动活泼的景象;狂风大作暴雨倾盆,却有波平浪静,无风无雨的风光。

人生有书可读,有暇得读,有资能读,
又涵养之如不识字人,是谓善读书者。
享世间清福,未有过于此也。

### 译文

人生有书可以读,有闲暇得读,有资质能读,又能有涵养像不识字的人一样，这就可以说是善于读书的人了。享受世间的清闲福气，没有能超过读书的。

### 博览广识见，寡交少是非。

译文

广泛阅览可以增长见识，减少交往可以避开是非。

### 攻玉于石，石尽而玉出；
### 淘金于沙，沙尽而金露。

译文

玉石上敲琢，石头琢尽美玉才会出现；沙土中淘金，沙土淘尽金子才会显露。

### 乍交不可倾倒，倾倒则交不终；
### 久与不可隐匿，隐匿则心必崄[1]。

注释

[1]崄：同"险"。

译文

初结交时不可毫无保留，毫无保留交情不会长久；长时交往不能有所隐藏，有所隐藏内心必然险恶。

### 拨开世上尘气，胸中自无火炎冰兢[1]；
### 消却心中鄙吝，眼前时有月到风来。

注释

[1]冰兢：《诗经·小雅·小宛》："战战兢兢，如履薄冰。"后用"冰兢"表示恐

惧、谨慎。

**译文**

拨开世上的迷雾，胸中自然无煎熬恐惧；消除心中的贪吝，眼前不时有月色清风。

> **才舒放即当收敛，才言语便思简默。**

**译文**

才伸展就应当收敛不发，刚说话就想着简静沉默。

> **身要严重，意要闲定；色要温雅，气要和平；语要简徐，心要光明；量要阔大，志要果毅；机要缜密，事要妥当。**

**译文**

举手投足要严肃稳重，心意要安闲镇定；脸色要温良文雅，气度要谦和平易；言语要简明舒缓，心胸要正大光明；度量要开阔大气，志气要果敢勇毅；机谋要细致周密，做事要稳定妥当。

> **径路窄处，留一步与人行；
> 滋味浓时，减三分让人嗜。
> 此是涉世一极安乐法。**

**译文**

道路窄处，留一步让人行走；滋味浓时，减三分让人享用。这是历经世事极为安乐的一种方法。

22

卷二 情。

语云，当为情死，不当为情怨。明乎情者，原可死而不可怨者也。虽然，既云情矣，此身已为情有，又何忍死耶？然不死终不透彻耳。韩翊之柳❶，崔护之花❷，汉宫之流叶❸，蜀女之飘梧❹，令后世有情之人咨嗟想慕，托之语言，寄之歌咏；而奴无昆仑❺，客无黄衫❻，知己无押衙❼，同志无虞候❽，则虽盟在海棠，终是陌路萧郎耳❾。集情第二。

### 注释

①韩翊之柳：唐代许尧佐《柳氏传》载：韩翊与柳氏相爱，因战乱分离，韩作词寄柳氏："章台柳，章台柳，昔日青青今在否？纵使长条似旧垂，也应攀折他人手。"柳氏回复："杨柳枝，芳菲节，所恨年年赠离别。一叶随风忽报秋，纵使君来岂堪折？"后柳氏被番将沙吒利劫走，虞候许俊从沙吒利家中将柳氏抢回，二人终得团聚。

②崔护之花：唐代孟棨《本事诗》载：崔护举进士下第，清明日独游都城南庄，遇一美貌女子。来年又往，见门户紧锁，于是题诗："去年今日此门中，人面桃花相映红。人面不知何处去，桃花依旧笑春风。"后二人终成眷属。

③汉宫之流叶：唐代范摅《云溪友议》载：唐宣宗时，卢渥应举时在御沟边偶然见

到宫中流出的红叶,上有宫女写的诗:"水流何太急,深宫尽日闲。殷勤谢红叶,好去到人间。"后来宫中放出宫女,卢渥竟娶到了当初题诗的宫女。

④蜀女之飘梧:五代十国前蜀金利用《玉溪编事》载:侯继图一日在成都大慈寺楼,见到一片飘落的桐叶,上有诗:"拭翠敛双娥,为郁心中事。搦管下庭除,书就相思字。此字不书古,此字不书纸。书向秋叶上,愿随秋风起。天下有心人,尽解相思死。天下负心人,不识相思意。有心与负心,不知落何地。"侯后来与题诗者成婚。

⑤奴无昆仑:唐代裴铏《昆仑奴》载:唐大历年间,崔生爱上了一品大官家的一位歌妓,他的昆仑奴(古代豪门富家以南海国人为奴,称"昆仑奴")摩勒助他夜里潜入大官府中与歌妓相会,又背出歌妓,成全了二人的爱情。

⑥客无黄衫:唐代蒋防《霍小玉传》载:才女霍小玉与陇西才子李益相爱,定下盟约,后李益负约另娶,小玉相思忧郁成病,侠士黄衫客强行将李益带至小玉家,让二人相聚,随后小玉离世。

⑦知己无押衙:唐代薛调《无双传》载:王仙客爱上表妹无双,因朝廷变乱,无双被罚入宫中为奴。后在侠客古押衙的帮助下,以数条性命为代价,二人终于团聚。

⑧同志无虞候:即注①之许俊。

⑨陌路萧郎:范摅《云溪友议》载:崔郊与姑母家的婢女相爱,姑母将婢女卖给了一位将领。后来,二人相见,崔郊作了一首《赠去婢》:"公子王孙逐后尘,绿珠垂泪滴罗巾。侯门一入深似海,从此萧郎是路人。"将领听说后,把婢女还给了崔郊。萧郎,《列仙传》载:"萧史者,秦穆公时人也。善吹箫,能致孔雀白鹤于庭。穆公有女,字弄玉,好之,公遂以女妻焉。日教弄玉作凤鸣,居数年,吹似凤声,凤凰来止其屋。公为作凤台,夫妇止其上,不下数年。一旦,皆随凤凰飞去。"后以"萧郎"作为对心爱男子的通称。

### 译文

有人说:应当为情而死,不应为情而怨。这是明白爱情本就是可以死但不可以怨的啊。虽然这样说,已经有情了,这身体已经被情所拥有,又怎么忍心死呢?然而不死终究不算爱得透彻!韩翊之柳,崔护之花,汉宫之红叶,蜀女之梧桐叶,令后世有情人叹息追慕,寄托在语言歌咏之中;而没有摩勒一样的奴仆,没有黄衫客一样的帮手,没有古押衙一样的知己,没有许俊一样的同道,即使以海棠为盟,也终究不过是陌路的情郎!

第二集:情。

**世无花月美人，不愿生此世界。**

译文

若没有花月美人，我不愿生在这个世界。

**豆蔻❶不消心上恨，丁香❷空结雨中愁。**

注释

①豆蔻：多年生草本植物。诗文中常用以比喻少女。唐代杜牧《赠别》诗："娉娉袅袅十三余，豆蔻梢头二月初。"

②丁香：丁香是常绿乔木，果实由两片形状似鸡舌的子叶抱合而成，犹如同心结，故古人常用来比喻情结。李璟《浣溪沙》："青鸟不传云外信，丁香空结雨中愁。"

译文

豆蔻不能消除心上憾恨，丁香徒然结聚雨中哀愁。

**黄叶无风自落，秋云不雨长阴。
天若有情天亦老，摇摇幽恨难禁。
惆怅旧人如梦，觉来无处追寻。**

译文

未起风，黄叶自行飘落；不下雨，秋云总是阴沉；天若有情，天也会老；心神不定，深愁难止。最是惆怅，梦醒时分，旧人无处追寻。

**桃叶题情，柳丝牵恨。
胡天胡帝❶，登徒❷于焉怡目；
为云为雨，宋玉因而荡心❸。
轻泉刀❹若土壤，居然翠袖之朱家❺；
重然诺如丘山，不忝红妆之季布❻。**

### 注释

① 胡天胡帝：《诗经·鄘风·君子偕老》："胡然而天也，胡然而帝也。"形容卫夫人宣姜服饰容貌如同天仙。
② 登徒：姓登徒的男子。楚国宋玉《登徒子好色赋》："其妻蓬头挛耳，齞唇历齿，旁行踽偻，又疥且痔，登徒子悦之，使有五子。"后世称好色之徒为"登徒子"。
③ 为云二句：用巫山神女事，宋玉《高唐赋》序："昔者先王尝游高唐，怠而昼寝。梦见一妇人，曰：'妾巫山之女也，为高唐之客。闻君游高唐，愿荐枕席。'王因幸之。去而辞曰：'妾在巫山之阳，高丘之阻，且为朝云，暮为行雨，朝朝暮暮，阳台之下。'"后"巫山云雨"就成了男女幽会的典故。
④ 泉刀：泉与刀都是古代钱币。因以"泉刀"泛称钱币。
⑤ 朱家：秦末汉初豪侠。
⑥ 季布：秦末汉初人，十分重信诺。

### 译文

桃叶题写情诗，柳丝牵缠愁恨。天仙帝女般风姿，登徒子为之倾倒；翻云覆雨的风流，宋玉也因而心动。视钱财如尘土，俨然是翠袖朱家；重信诺如高山，不愧为红妆季布。

**珠帘蔽月，翻窥窈窕之花；**
**绮幔藏云，恐碍扶疏之柳。**

### 译文

珠帘遮月，反可窥赏窈窕之花；华帐藏云，恐也妨碍了繁茂之柳。

**幽堂昼深，清风忽来好伴；**
**虚窗夜朗，明月不减故人。**

### 译文

清幽堂屋，白昼漫长，清风忽来作伴；窗外虚静，夜空清朗，明月恰如故人。

多恨赋花,风瓣乱侵笔墨;
含情问柳,雨丝牵惹衣裾。

**译文**

抱憾恨咏花,风吹动花瓣,侵扰了笔墨;含深情问柳,雨丝来牵连,招惹了衣裾。

临风弄笛,栏杆上桂影一轮;
扫雪烹茶,篱落边梅花数点。

**译文**

临风吹笛,栏杆上一轮明月;扫雪烹茶,篱笆边几点梅花。

燕市之醉泣[1],楚帐之悲歌[2],
歧路之涕零[3],穷途之恸哭[4]。
每一退念及此,虽在千载以后,
亦感慨而兴嗟。

**注释**

[1]燕市之醉泣:指荆轲在燕国市集事,《史记·刺客列传》:在刺杀秦王前,"荆轲既至燕,爱燕之狗屠及善击筑者高渐离。荆轲嗜酒,日与狗屠及高渐离饮于燕市,酒酣以往,高渐离击筑,荆轲和而歌于市中,相乐也,已而相泣,旁若无人者。"
[2]楚帐之悲歌:项羽垓下被围,陷入绝境,作诗云:"力拔山兮气盖世,时不利兮骓不逝。骓不逝兮可奈何!虞兮虞兮奈若何!"
[3]歧路之涕零:《淮南子·说林训》:"杨子见歧路而哭之,为其可以南,可以北。"
[4]穷途之恸哭:《晋书·阮籍传》:"时率意独驾,不由径路,车迹所穷,辄恸哭而反。"

**译文**

荆轲在燕国市上的醉后哭泣,项羽在楚军帐中的末路悲歌,杨子在岔路口的彷徨落泪,阮籍在无路可走时的放声大哭,每一次想到这些,即使相隔千载,也会感慨兴叹。

陌上繁华，两岸春风轻柳絮；
闺中寂寞，一窗夜雨瘦梨花。
芳草归迟，青骢别易，多情成恋，薄命何嗟？
要亦人各有心，非关女德善怨。

**译文**

外面的世界如此繁华，两岸的春风吹动柳絮飘飞；闺中的生活这般寂寞，窗外的夜雨打瘦了清素的梨花。芳草路上，他迟迟未归，当初骑着青骢马告别倒是容易！多情便会留恋，福薄何必叹息？总是人都有一颗易感的心，并不是女子善于抱怨。

山水花月之际，看美人更觉多韵。
非美人借韵于山水花月也，
山水花月直借美人生韵耳。

**译文**

在山水花月之中，欣赏美人觉得有更多风韵。不是美人借山水花月生韵，反而是山水花月把美人衬托得更有韵味了。

初弹如珠后如缕，一声两声落花雨。
诉尽平生云水心，尽是春花秋月语。❶

**注释**

①本条摘自宋代白玉蟾《乐府·琵琶行》。

**译文**

刚弹奏时像珍珠落入玉盘，其后声音微弱，一声两声仿佛花雨飘落。这乐曲诉说尽生平如云水般心事，细听来竟全是春花秋月的情语。

> 蘋风未冷催鸳别，沉檀合子留双结。
> 千缕愁丝只数围[1]，一片香痕才半节。

**注释**

①围：两手拇指和食指合拢的长度。

**译文**

掠过蘋草的微风不算冷，却在催促鸳鸯分别，沉香檀木盒子中，还留着同心结。千缕愁丝缠绕，我的腰瘦到只几围，香只才燃去半截，时光竟是如此缓慢。

> 薄雾几层推月出，好山无数渡江来；
> 轮将秋动虫先觉，换得更深鸟越催。

**译文**

几层薄雾，推出了月亮，无数的好山似乎渡江来到我眼前；岁月的车轮即将带来秋天，虫儿们最先察觉了。夜越来越深，有鸟啼鸣，仿佛催促这夜快快过去。

> 花飞帘外凭笺讯，雨到窗前滴梦寒。

**译文**

花在帘外飞舞，不知是哪里传来的音讯；雨在窗前飘落，滴入梦中，让人觉得有些寒凉。

> 纵教弄酒春衫涴[1]，别有风流上眼波。

**注释**

①涴（wò）：污，弄脏。

30

**译文**

纵然是醉后撒野弄污了春衫,也别有一种风流姿态逸生出眼波。

## 灯结细花成穗落❶,泪题愁字带痕红。

**注释**

①灯结句:灯花:灯心余烬结成的花状物。俗以灯花为吉兆。

**译文**

灯芯结成细细的花穗落下,这吉兆却让我忧愁,亲笔题写下缠绵的情字,红笺上留下了淡淡的泪痕。

## 无端饮却相思水,不信相思想杀人。

**译文**

无缘无故饮下相思之水,不相信相思能够让人死去活来。

## 渔舟唱晚,响穷彭蠡❶之滨;
## 雁阵惊寒,声断衡阳❷之浦。

**注释**

①彭蠡:即今之鄱阳湖。
②衡阳:衡山南面,其地有回雁峰,旧说大雁到此,不再南飞。

**译文**

晚归的渔人在船上唱着歌,歌声响遍了彭蠡的湖滨;结队的大雁在寒气中飞翔,它们的啼叫一直传到衡阳的水边。

**杏子轻纱初脱暖,梨花深院自多风。**

译文

杏色单衣刚刚脱掉,天气转暖。深深院落梨花开放,总见风来。

# 卷三 峭

今天下皆妇人矣。封疆缩其地，而中庭之歌舞犹喧；战血枯其人，而满座之貂蝉❶自若。我辈书生，既无诛贼讨乱之柄，而一片报国之忱，惟于寸楮❷尺字间见之。使天下之须眉而妇人者，亦耸然有起色。集峭❸第三。

注释

①貂蝉：貂尾和附蝉，古代为侍中、常侍等贵近之臣的冠饰。代指达官显贵。

②楮（chǔ）：楮树皮是制造桑皮纸和宣纸的原料，所以楮是纸的代称。

③峭：奇险、挺秀，含有奋发之意。

译文

如今天下人都是妇人！国家疆土缩减，厅堂上歌舞依然喧闹非常；士兵们在战场流干了血，满座的显贵仍然谈笑自若。我们这些书生，既然没有诛灭贼人平定叛乱的权柄，一片报国的热忱，只能在字里行间表现。要让天下脂粉气太重的男子，能够惊起振作！

第三集：峭。

**忠孝吾家之宝，经❶史吾家之田。**

注释

①经：儒家经典。

译文

忠诚孝道是我家的珍宝，经典史籍是我家的良田。

**吟诗劣于讲学，骂座恶于足恭。**
**两而揆之，宁为薄行狂夫，不作厚颜君子。**

译文

吟咏诗歌不如讲论学问，纵酒骂人丑于过分谦恭。两相考量，宁愿做轻薄无行的狂人，也不做厚颜无耻的君子。

**观人题壁，便识文章。**

译文

看一个人题写在墙上的诗文，就能识别出他文章水平的高下。

**竹外窥莺，树外窥水，峰外窥云，**
**难道我有意无意；**
**鹤来窥人，月来窥酒，雪来窥书，**
**却看他有情无情。**

译文

竹林外观莺，树林外观水，山峰外观云，难说我是有意或是无意；白鹤来窥人，明月来窥酒，飞雪来窥书，倒要看他有情还是无情。

烦恼场空，身住清凉世界；
营求念绝，心归自在乾坤。

**译文**

扫空烦恼之场，可住入清静世界；断绝贪求之念，心归向自在天地。

名衲谈禅，必执经升座，便减三分禅理。

**译文**

有名的僧人谈说禅理，一定要手持经书登上座位，这反而减少了三分禅理。

士人有百折不回之真心，
才有万变不穷之妙用。

**译文**

知识分子有百折不回的真心，才会有无穷无尽的智慧。

伺察以为明者，常因明而生暗，
故君子以恬养智；
奋迅以求速者，多因速而致迟，
故君子以重持轻。

**译文**

暗中观察自以为明白的人，常常会因为这"明白"反生暗昧，因此君子要以恬淡之心培养智慧；行动迅疾以求快速实现目标的人，多会因求快而导致迟慢，所以君子凭借厚重来控制轻浮。

待人而留有余不尽之恩，
可以维系无厌之人心；
御事而留有余不尽之智，
可以提防不测之事变。

#### 译文

对人留一些恩惠，可以维系不遭厌烦的人心；处事留一些智慧，可以提防难以预测的变故。

无事如有事时提防，可以弭意外之变；
有事如无事时镇定，可以销局中之危。

#### 译文

无事像有事的时候一样提防，可以消弥意外的变数；有事像无事的时候一样镇定，可以消除局中的危机。

秋风闭户，夜雨挑灯，卧读《离骚》泪下；
霁日寻芳，春宵载酒，闲歌乐府神怡。

#### 译文

秋风中关上门，夜雨中拨动灯火，卧读《离骚》，不觉潸然落泪；晴天寻幽探景，春夜里悠闲饮酒，吟唱乐府，真是心旷神怡。

要做男子，须负刚肠；
欲学古人，当坚苦志。

#### 译文

要做真正男子，必须有刚直气质；要学古代人物，一定要锤炼心志。

秋露如珠，秋月如珪❶；
明月白露，光阴往来；
与子之别，思心徘徊。

**注释**

①珪：玉器。

**译文**

秋天露水晶莹如珠，秋月明朗洁如玉珪；明月白露之中，光阴依旧流动；与你分别的愁绪，总在心中徘徊不去。

声应气求之夫，决不在于寻行数墨❶之士；
风行水上之文，决不在于一字一句之奇。

**注释**

①寻行数墨：专在辞句上下功夫。

**译文**

志趣相投的同道，决不是那些只会纠缠辞句的人；流畅自然的文章，决不在于一字一句刻意求奇。

借他人之酒杯，浇自己之块垒。

**译文**

借用他人的酒杯，来浇散自己心中郁结的愁愤。

雨送添砚之水，竹供扫榻之风。

**译文**

雨送来添进砚台的水，竹供给清扫床榻的风。

> 是技皆可成名天下，惟无技之人最苦；
> 片技即足自立天下，惟多技之人最劳。

**译文**

凡有一技之长都可以成名天下，只有缺少任何技艺的人最为辛苦；只要一点技艺就足够自立天下，只有那些多才多技的人最为劳累。

> 傲骨、侠骨、媚骨，即枯骨可致千金❶；
> 冷语、隽语❷、韵语，即片语亦重九鼎❸。

**注释**

❶枯骨句：《战国策·燕策》：昔日燕昭王向郭隗请教招揽人才的方法，郭隗说："臣闻古之君人，有以千金求千里马者，三年不能得。涓人言于君曰：'请求之。'君遣之。三月得千里马，马已死，买其首五百金，反以报君。君大怒曰：'所求者生马，安事死马而捐五百金？'涓人对曰：'死马且买之五百金，况生马乎？天下必以王为能市马，马今至矣。'于是不能期年，千里之马至者三。"这就是"千金市骨"的故事。

❷隽语：耐人寻味的言辞。

❸片语亦重九鼎：一言九鼎，说话极有分量。

**译文**

傲骨、侠骨、媚骨，即使是枯骨都可以价值千金；冷语、隽语、韵语，即使片语也可能重比九鼎。

> 有作用者，器宇定是不凡；
> 有受用者，才情决然不露。

**译文**

有所作为的人，胸怀气概一定不凡；有所享受的人，才能才华决不外露。

## 松枝自是幽人笔[1]，竹叶常浮野客杯。

**注释**

①松枝句：唐代冯贽《云仙杂记》卷一引《汗漫录》："司空图陷于中条山，芟松枝为笔管，人问之，曰：'幽人笔正当如是。'"

**译文**

松枝自然可作幽人之笔，竹叶常常浮在隐者杯中。

# 卷四 灵

天下有一言之微,而千古如新,一字之义,而百世如见者,安可泯灭之?故风雷雨露,天之灵;山川民物,地之灵;语言文字,人之灵。睪三才①之用,无非一灵以神其间,而又何可泯灭之?集灵第四。

**注释**

①睪(yì):侦伺,观察。三才:天、地、人。

**译文**

天下有一句话足够精微而千古常新,一个字很有意义而百代可见的情形,怎能泯灭?所以,风雷雨露是天的灵气,山川民物是地的灵气,语言文字是人的灵气。观察天、地、人的运行变化,无不是有一种灵气在其间起着神奇的效用,又怎能泯灭?

第四集:灵。

**事遇快意处当转，言遇快意处当住。**

译文

事情到了快意的处境就应当转移方向，话说到快意的地步就应当停止。

**志要高华，趣要淡泊。**

译文

志气要高远出众，意趣要清淡平和。

**眼里无点灰尘，方可读书千卷；
胸中没些渣滓，才能处世一番。**

译文

眼里没有一点灰尘，才能品读千卷书籍；胸中没有些微杂质，才能经历一回世事。

**眉上几分愁，且去观棋酌酒；
心中多少乐，只来种竹浇花。**

译文

眉头上有几分哀愁，暂且去观棋饮酒；心中有许多欢乐，也只来种竹浇花。

**好香用以熏德，好纸用以垂世，好笔用以生花，
好墨用以焕彩，好茶用以涤烦，好酒用以消忧。**

译文

好香用来熏陶品德，好纸用来作书传世，好笔用来施展高才，好

墨用来焕发华彩，好茶用来涤除烦闷，好酒用来消解忧愁。

> 竹篱茅舍，石屋花轩，松柏群吟，藤萝翳景；流水绕户，飞泉挂檐，烟霞欲栖，林壑将暝。中处野叟山翁四五，余以闲身作此中主人。坐沉红烛，看遍青山，消我情肠，任他冷眼。

**译义**

竹篱茅舍，石屋花廊，松柏在风中吟啸，藤萝遮蔽了日光；流水绕户而过，飞泉挂在檐上，烟霞将要消散，山林涧谷暮色四合。有山村老翁四五人在，我这闲人作此间主人。一起坐到红烛燃尽，看遍了青山，消磨了心情，哪管别人冷眼相看。

> 惟俭可以助廉，惟恕❶可以成德。

**注释**

①恕：推己及人；仁爱待物。《论语·卫灵公》："子贡问曰：'有一言而可以终身行之者乎？'子曰：'其恕乎！己所不欲，勿施于人。'"

**译文**

只有节俭可以助长清廉，只有仁恕可以成就仁德。

> "不是一番寒彻骨，怎得梅花扑鼻香。"❶念头稍缓时，便宜庄诵一遍。

**注释**

①这两句诗出自黄檗禅师《上堂开示颂》："尘劳迥脱事非常，紧把绳头做一场。不经一番寒彻骨，怎得梅花扑鼻香。"

**译文**

"不是一番寒彻骨，怎得梅花扑鼻香。"心中略有松懈，就应当把这句话庄重念诵一遍。

> 梦以昨日为前身,可以今夕为来世。

**译文**

在梦境中把昨日的我当作了前身,那今天晚间的事情也可以视作来世了。

> 上高山,入深林,穷回溪,
> 幽泉怪石,无远不到;
> 到则拂草而坐,倾壶而醉,
> 醉则更相枕藉以卧,
> 意亦甚适,梦亦同趣。

**译文**

登上高山,进入深林,走尽曲折的溪谷,幽深的泉水,奇怪的石头,没有不到的;到了之后,分开草丛坐下,喝光携带的酒,醉后相互枕着入睡,心意很闲适,梦中趣味也相同。

> 闭门阅佛书,开门接佳客,出门寻山水,
> 此人生三乐。

**译文**

关门读佛经,开门迎好客,出门寻山水,此为人生三乐。

> 秋月当天,纤云都净,
> 露坐空阔去处,清光冷浸,
> 此身如在水晶宫里,令人心胆澄彻。

**译文**

秋月当空，纤云不见，露天坐在空阔所在，清丽月光冷浸全身，仿佛置身于龙王水晶宫中，让人身心澄透。

遗子黄金满籯[1]，不如教子一经。

**注释**

[1]籯（yíng）：箱笼等盛放东西的器具。

**译文**

留给子孙满箱的黄金，不如教子孙懂一种儒家经典。

竹风一阵，飘飏茶灶疏烟；
梅月半湾，掩映书窗残雪。

**译文**

竹林间一阵风吹过，茶灶上稀疏炊烟飘扬消散。月照在半湾梅花上，与书窗外残雪相得益彰。

雪后寻梅，霜前访菊，雨际护兰，风外听竹，
固野客之闲情，实文人之深趣。

**译文**

雪后寻梅，霜前访菊，雨天护兰，风外听竹，本就是隐者的闲情，实含有文人的深趣。

人有一字不识，而多诗意；
一偈[1]不参，而多禅意；
一勺不濡，而多酒意；

一石不晓，而多画意。
淡宕故也。

**注释**

①偈：即佛经中的唱颂词，通常四句为一偈。

**译文**

有的人一字不识，却有不尽诗意；一道偈语不参悟，却有许多禅意；一勺酒不沾，却有许多酒意；一块奇石不懂欣赏，却有许多画意。说到底，是因为这样的人散淡悠闲。

必出世者，方能入世，不则世缘易堕；
必入世者，方能出世，不则空趣难持。

**译文**

一定要有出世的态度才能积极入世，否则容易陷入俗世无法自拔；一定要经历过世事才能出世，否则难以持守空无之意趣。

"人有不及，可以情恕；
非义相干，可以理遣。"❶
佩此两言，足以游世。

**注释**

①人有四句：语出《晋书·卫玠传》。

**译文**

"别人有做不到的，应当凭人情宽恕；不是故意冒犯，可以按情理处置。"谨记这两句话，足够优游于世了。

万事皆易满足，惟读书终身无尽。

人何不以不知足一念加之书。
　　又云：读书如服药，药多力自行。

**译文**

万事都容易满足，只有读书终身没有尽头。人为什么不把不知足的念头加在读书上呢？又说："读书就像服药，药多了药力自然生效。"

　　醉后辄作草书十数行，
　　便觉酒气拂拂从十指出也。

**译文**

醉后写十几行草书，就觉得酒气散发，从十指间透出。

　　空山听雨，是人生如意事。
　　听雨必于空山破寺中，寒雨围炉，
　　可以烧败叶，烹鲜笋。

**译文**

空山听雨，是人生中如意之事。听雨一定要在空山破寺，寒雨中围炉静听，可以烧枯叶、煮鲜笋。

　　闭门即是深山，读书随处净土[1]。

**注释**

[1]净土：佛教语。佛所居住的无尘世污染的清净世界。一名佛土。

**译文**

关上门就像住进深山，读书时就像身处净土。

欲见圣人气象,
须于自己胸中洁净时观之。

**译文**

想要看见圣人的气度格局,要在自己胸中洁净的时候观审。

读书不独变气质,且能养精神,
盖理义收摄故也。

**译文**

读书不仅能改变气质,还能涵养精神,这是因为道德理义会收束人的心神。

雨过生凉,境闲情适,
邻家笛韵,与晴云断雨逐听之,
声声入肺肠。

**译文**

雨过天凉,心境悠闲,心情顺适,邻家吹笛,与时晴之云、断续之雨合听,只觉一声声都吹入了肺肠。

对棋不若观棋,观棋不若弹瑟,
弹瑟不若听琴。
古云:"但识琴中趣,何劳弦上音。[1]"
斯言信然。

**注释**

[1]但识二句:《晋书·陶潜传》:"(陶潜)性不解音,而畜素琴一张,弦徽不具,每朋酒之会,则抚而和之,曰:'但识琴中趣,何劳弦上声!'"

**译文**

亲自对弈不如在旁观棋，观棋不如亲自弹瑟，弹瑟不如听人弹琴。古人说："只要懂得琴中趣味，何必一定要琴弦发出声音？"此话确实对。

**君子虽不过信人，君子断不过疑人。**

**译文**

君子虽然不过分信任别人，但绝不会过分怀疑别人。

**看书只要理路通透，不可拘泥旧说，更不可附会新说。**

**译文**

看书只要思路通透，不能拘泥于过去的学说，更不能随意附和新的观点。

**作诗能把眼前光景，胸中情趣，一笔写出，便是作手，不必说唐说宋。**

**译文**

作诗能把眼前情景与胸中情趣一笔写出，就是能手，不必说什么唐人如何宋人如何。

**读理义[1]书，学法帖字；**
**澄心静坐，益友清谈；**
**小酌半醺，浇花种竹；**
**听琴玩鹤，焚香煮茶；**
**泛舟观山，寓意弈棋。**

> 虽有他乐，吾不易矣。

**注释**

①理义：指符合儒家思想的道理。

**译文**

读讲正理的书，学名家的范字，澄心静坐，良友清谈，小酌半醉，浇花种竹，听琴玩鹤，焚香煮茶，泛舟观山，寄意棋局——即使有别的快乐，我也不换。

> 天下可爱的人，都是可怜人；
> 天下可恶的人，都是可惜人。

**译文**

天下可爱的人，都是可怜人；天下可恶的人，都是可惜人。

> 读书到快目处，起一切沉沦之色；
> 说话到洞心处，破一切暧昧之私。

**译文**

读书读到让人眼神明快之处，能让沉沦的心神为之振作；说话说到洞彻心扉之处，能够破除心中不明不净的私情。

> 谐臣媚子，极天下聪颖之人；
> 秉正嫉邪，作世间忠直之气。

**译文**

帝王的乐工与近臣，都是天下最聪明的人，若能秉持正义憎恨邪恶，便能成为忠直的化身。

摊烛作画，正如隔帘看月，
隔水看花，意在远近之间，
亦文章法也。

译文

摆上灯烛作画，正像隔帘看月，隔水看花，画意在若远若近之间——这也是做文章的方法。

藏锦于心，藏绣于口，
藏珠玉于咳唾❶，藏珍奇于笔墨。
得时则藏于册府❷，不得时则藏于名山❸。

注释

❶藏珠句：《庄子·秋水》："子不见夫唾者乎？喷则大者如珠，小者如雾。"后"咳唾成珠"用来比喻言语不凡或诗文优美。
❷册府：帝王册书的存放处。也指文坛、翰苑。
❸名山：可以传之不朽的藏书之所。

译文

心口要藏锦绣文章，咳嗽唾液要藏不凡言语，笔墨之中要藏奇珍异宝。得志就藏在文坛，失意就深藏名山。

读一篇轩快之书，宛见山青水白；
听几句透彻之语，如看岳立川行。

译文

读一篇畅快文章，如见山青水白；听几句透彻的话，似看山立水奔。

读书如竹外溪流，洒然而往；
咏诗如𬞟末风起❶，勃焉而扬。

注释

①蘋末风起：宋玉《风赋》："夫风生于地，起于青蘋之末。"青蘋，一种生于浅水中的草本植物。

译文

读书如溪水绕竹林之外，潇洒自在流淌；咏诗如风起于青蘋之末，格外勃兴飞扬。

> 古人特爱松风，庭院皆植松，
> 每闻其响，欣然往其下，
> 曰："此可浣尽十年尘胃。"

译文

古人特别喜爱松风，庭院里都种植松树，每每听到风过松响，就欣然站在松树下，说："这声音可洗尽十年尘俗之心。"

> 夜者日之余，雨者月之余，冬者岁之余。
> 当此三余，人事稍疏，正可一意问学。❶

注释

①三余：《三国志·魏志·王肃传》"明帝时大司农弘农、董遇等，亦历注经传，颇传于世"，裴松之注引三国魏·鱼豢《魏略》："遇言：'（读书）当以三余。'或问三余之意。遇言'冬者岁之余，夜者日之余，阴雨者时之余也'。"后用"三余"泛指空闲时间。

译文

夜晚是白天的余暇，雨天是一月的余暇，冬天是一年的余暇。有这三种余暇，人事稍有空闲，正可以一心求学。

> 树影横床，诗思平凌枕上；

> 云华满纸，字意隐跃行间。

**译文**

树影横投在床，诗思仿佛浮出于梦枕之上；文词铺满纸张，意趣隐隐跳跃在字里行间。

> 耳目宽则天地窄，争务短则日月长。

**译文**

见识多了便觉则天地狭窄，争夺之事少则岁月悠长。

> 事有急之不白者，宽之或自明，
> 毋躁急以速其忿；
> 人有操之不从者，纵之或自化，
> 毋操切以益其顽。

**译文**

事情有急切无法辩白的，如果宽缓一段时日或许自然明白，不必急躁以加速让他的愤怒；人有你要操控他却不听从的，放开他或许他自己会想通，不要着急去增长他的顽固。

> 士君子贫不能济物者，
> 遇人痴迷处，出一言提醒之；
> 遇人急难处，出一言解救之，
> 亦是无量功德。

**译文**

君子虽然贫穷不能助人，却可以在别人遇到迷惑时，说一句话去提醒他；遇到别人急难时，说一句话去解救他，这也是功德无量。

处父兄骨肉之变，宜从容，不宜激烈；
遇朋友交游之失，宜剀切，不宜优游。

**译文**

遭遇家庭重大的变故，应从容应对，不应激烈；遇上朋友交游有过失，应恳切劝告，不应潇洒不管。

意摹古，先存古，未敢反古；
心持世，外厌世，未能离世。

**译文**

想效仿古人，先尊重古人，不敢反对古人；内心维持世道，外表厌弃世道，未能完全离开世道。

类君子之有道，入暗室而不欺；
同至人之无迹，怀明义以应时。❶

**注释**

①本条采自唐代骆宾王《萤火赋》。

**译文**

萤火似君子持守正道，身处暗室也不自欺，像至人一样无影无迹，怀着贤明大义顺应天时。

一翻一覆兮如掌，一死一生兮如轮。

**译文**

世道一翻一覆啊如手掌，人间一死一生啊如车轮。

卷五 素

袁石公[1]云:"长安风雪夜,古庙冷铺[2]中,乞儿丐僧,齁齁[3]如雷吼;而白髭老贵人,拥锦下帷,求一合眼不得。"呜呼!松间明月,槛外青山,未尝拒人,而人人自拒者何哉?集素[4]第五。

### 注释

[1] 袁石公:明代文学家袁宏道,字中郎,号石公。

[2] 冷铺:乞儿住所。

[3] 齁齁(hōu):熟睡时的鼻息声。

[4] 素:白色,质朴。

### 译文

袁宏道先生说:"长安风雪之夜,古庙冷铺之中,乞儿丐僧,鼾声如雷响;而白胡子富贵老人,拥着锦被放下帷帐,想合一下眼都不行。"啊!松林间明月,栏杆外青山,未曾拒绝别人,而人们自己反倒拒绝它们,这是为什么?

第五集:素。

披卷有余闲，留客坐残良夜月；
褰帷无别务，呼童耕破远山云。

**译文**

读书有了一些闲暇，留客人一直坐到良宵月落；撩起帷帐没有事务，叫上童子去山里耕种白云。

琴觞自对，鹿豕为群，
任彼世态之炎凉，从他人情之反覆。

**译文**

与古琴酒觞相对，与野鹿野猪为伍，任它世态炎凉，不管人情反复。

带雨有时种竹，关门无事锄花；
拈笔闲删旧句，汲泉几试新茶。

**译文**

雨天有时种种竹，闭门无事锄锄花；闲来随笔改一番以前的文句，泉水新汲试几回新采的清茶。

余尝净一室，置一几，
陈几种快意书，放一本旧法帖；
古鼎焚香，素麈❶挥尘，意思小倦，暂休竹榻。
饷时而起，则啜苦茗，信手写《汉书》几行，
随意观古画数幅。
心目间，觉洒洒灵空，面上俗尘，
当亦扑去三寸。

**注释**

❶麈（zhǔ）：麈尾，古人闲谈时拿着用来驱虫、掸尘的工具，是名流喜用的一种展示风雅的器物。

译文

我曾扫净一处居室,放置一道几案,陈列几种让人快意的书,放一本旧字帖。古鼎焚香,白麈挥去尘土,偶觉小倦,暂且竹榻休歇。吃饭时起身,饭后喝几口苦茶,随手写几行《汉书》,随意观几幅古画。心中眼中,觉得萧散空灵,脸上的俗尘,也应该扑去三寸了吧。

**但看花开落,不言人是非。**

译文

只看花开落,不言人是非。

**白云在天,明月在地。焚香煮茗,阅偈翻经。俗念都捐,尘心顿尽。**

译文

白云在天,明月在地。焚香煮茶,读偈翻经。俗念都已抛却,凡心顿时消尽。

**三月茶笋❶初肥,梅花未困;**
**九月莼鲈正美,秫❷酒新香;**
**胜友晴窗,出古人法书名画,**
**焚香评赏,无过此时。**

注释

① 茶笋:茶芽。
② 秫(shú):黏的粱米、粟米,多用来酿酒。

译文

三月茶芽刚刚长肥,梅花还未落尽;九月莼菜、鲈鱼正鲜美,家

60

酿的酒新香；良友晴窗，摆出古人著名字画，焚香品赏，没有比此时更快乐的。

**性不堪虚，天渊亦受鸢鱼之扰❶；**
**心能会境，风尘还结烟霞之娱。**

注释

①天渊句：语出《诗经·大雅·旱麓》："鸢飞戾天，鱼跃于渊。"

译文

生性不能承受空虚，在高天或深渊也会受到鸢鱼烦扰；心灵若能领会意境，纷扰现世中也能享有山水烟霞的欢娱。

**终南当户，鸡峰如碧笋左簇❶，**
**退食时秀色纷纷堕盘，山泉绕窗入厨，**
**孤枕梦回，惊闻雨声也。**

注释

①鸡峰句：鸡峰山在陕西宝鸡境内，其山多柱形峰。《宝鸡县志》记载："鸡峰插云，县境峰岳之奇，唯鸡山为最；天柱矗立，玉笋排空。"

译文

终南山正对着门户，鸡峰山像碧绿的笋子簇立在它左侧，回屋用餐时秀丽景色纷纷落入盘中，山泉绕过窗户进入厨房，孤枕上梦回，却被雨声惊醒。

**眉公❶居山中，有客问山中何景最奇，**
**曰："雨后露前，花朝雪夜。"**
**又问何事最奇，**
**曰："钓因鹤守，果遭猿收。"**

### 注释

①眉公：陈继儒，参见译者序。本条采自他的《岩栖幽事》。

### 译文

眉公隐居在山中，有客人问山中什么景象最奇特，眉公回答："雨后露前，花朝雪夜。"又问什么事最奇特，眉公回答："钓竿让鹤守，果子遣猿收。"

> 溪响松声，清听自远；
> 竹冠兰佩❶，物色俱闲。

### 注释

①竹冠：竹皮冠，道士所戴。兰佩：典雅佩饰。

### 译文

溪流响伴着松风声，听来颇觉清远；戴竹冠用典雅佩饰，物与人都十分安闲。

> 鄙吝一销，白云亦可赠客；
> 渣滓尽化，明月自来照人。

### 译文

贪吝之心一旦消失，白云也可赠客；心中杂念尽数化去，明月自来照人。

> 存心有意无意之间，微云淡河汉；
> 应世不即不离之法，疏雨滴梧桐。❶

### 注释

①微云淡河汉，疏雨滴梧桐：二句系孟浩然诗残句。

**译文**

存心在有意无意之间，就如同微云飘动让银河显得朦胧；应对世事用不即不离之法，就像稀疏的雨滴在梧桐叶上那般清悠。

> 茶欲白，墨欲黑；茶欲重，墨欲轻；
> 茶欲新，墨欲陈。

**译文**

茶要白，墨要黑；茶要重，墨要轻；茶要新，墨要陈。

> 夜寒坐小室中，拥炉闲话。
> 渴则敲冰煮茗，饥则拨火煨芋❶。

**注释**

❶芋：芋头、马铃薯、甘薯等都可称"芋"。

**译文**

夜寒，坐在小屋中，围炉闲话。渴了就敲开冰雪来煮茶，饿了就拨开炉火煨芋。

> 翠竹碧梧，高僧对弈；
> 苍苔红叶，童子煎茶。

**译文**

翠竹碧梧中，高僧对弈；苍苔红叶间，童子煎茶。

> 灯下玩花，帘内看月，
> 雨后观景，醉里题诗，
> 梦中闻书声，皆有别趣。

**译文**

灯下赏花,帘内望月,雨后观景,醉里题诗,梦中听读书声,都别有一种趣味。

> 编茅为屋,叠石为阶,何处风尘可到;
> 据梧而吟,烹茶而话,此中幽兴偏长。

**译文**

编结茅草为屋,堆叠石头做台阶,哪里的风尘能到?靠着梧桐吟咏,烹着茶说闲话,这其中清幽兴味最长。

> 世味浓,不求忙而忙自至;
> 世味淡,不偷闲而闲自来。

**译文**

将世事人情看得重,不需求忙,忙自然会到;将世事人情看得淡,不用偷闲,闲自然会来。

> 以俭胜贫,贫忘;以施代侈,侈化;
> 以省去累,累消;以逆炼心,心定。

**译文**

用节俭战胜贫困,贫困也就忘了;用施舍代替奢侈,奢侈也就化解了;用省事代替劳累,劳累也就消失了;用逆境修炼心神,心神也就安定了。

> 净几明窗,一轴画,一囊琴,
> 一只鹤,一瓯茶,一炉香,一部法帖;
> 小园幽径,几丛花,几群鸟,

> 几区亭，几拳石[1]，几池水，几片闲云。

**注释**

①拳石：拳石可指园林假山，此用"拳"字为量词，兼用其义。

**译文**

净几明窗，一轴画，一张琴，一只鹤，一瓯清茶，一炉香，一部法帖；小园幽径，几丛花，几群鸟，几处亭，几座假山，几池水，几片闲云。

> 流年不复记，但见花开为春，花落为秋；
> 终岁无所营，惟知日出而作，日入而息。

**译文**

流年不再记得，只见花开为春，花落为秋；终年无所谋划，只知日出而作，日落而息。

> 窗前落月，户外垂萝，石畔草根，桥头树影，
> 可立可卧，可坐可吟。

**译文**

窗前的落月，户外垂下的藤萝，石畔杂乱的草根，桥头斑驳的树影，可站立也可卧眠，可坐观也可吟咏。

> 清事不可着迹。
> 若衣冠必求奇古，器用必求精良，
> 饮食必求异巧，此乃清中之浊，
> 吾以为清事之一蠹。

**译文**

清雅之事不能刻意。如果衣冠一定要求奇特古典，器物一定要求

宋 — 佚名 — 秋兰绽蕊图

精美优良，饮食一定要求独特精巧，这就是清雅中的凡浊，我以为是清雅之事中的一种弊端。

半窗一几，远兴闲思，天地何其寥阔也；
清晨端起，亭午高眠，胸襟何其洗涤也。

**译文**

半道窗户一张几案，生出高雅的兴致与清闲的思绪，天地何其旷远；清晨平稳起身，正午高枕安眠，胸怀多么清净！

书室中修行法：
心闲手懒，则观法帖，以其可逐字放置也；
手闲心懒，则治迂事，以其可作可止也；
心手俱闲，则写字作诗文，以其可以兼济也；
心手俱懒，则坐睡，以其不强役于神也；
心不甚定，宜看诗及杂短故事，
以其易于见意不滞于久也；
心闲无事，宜看长篇文字，
或经注，或史传，或古人文集，
此又甚宜于风雨之际及寒夜也。
又曰：
"手冗心闲则思，心冗手闲则卧，
心手俱闲，则著作书字，
心手俱冗，则思早毕其事，以宁吾神。"

**译文**

书室中修行的方法：心闲手懒，就观看古人的好字帖，因为可以一个字一个字参看；手闲心懒，就处理一些缓慢的事，因为可以做也可以停；心手都闲，可以写字作诗文，因为可以兼顾；心手都懒，就坐着打盹，因为这样可以不用强迫耗神；心不很安定，

南宋 — 趙孟堅 — 墨蘭圖

适宜看诗与杂短故事，因为它们表达意思明白不用花太久时间；心闲无事，可以看长篇文字，或是儒家经典，或是史籍，或是古人文集，这些又十分适宜在风雨之时以及寒夜阅读。又说："手忙心闲就思索，心忙手闲就躺卧，心手都闲就进行文章或书法创作，心手都忙就尽量早些完事，让我的精神宁静下来。"

> 片时清畅，即享片时；半景幽雅，即娱半景。不必更起姑待之心。

### 译文

有片刻的清闲畅快，就享受片刻；有少许景色幽雅，就在这景色中娱乐。不必再起暂且等待的心思。

> 闲暇时，取古人快意文章，朗朗读之，则心神超逸，须眉开张。

### 译文

闲暇时，取古人爽快文章，朗声诵读，就觉得心神超然远逸，胡须、眉毛都张扬起来。

> 闲居之趣，快活有五：
> 不与交接，免拜送之礼，一也；
> 终日可观书鼓琴，二也；
> 睡起随意，无有拘碍，三也；
> 不闻炎凉嚣杂，四也；
> 能课子耕读，五也。

### 译文

闲居的乐趣，有五种快活处：不与人交往，免去了拜见送别的礼

元　雪窗　兰图

节，此其一；终日可观书弹琴，此其二；睡或起随我心意，没有拘束，此其三；不听尘世人情冷暖喧闹嘈杂之事，此其四；能督促孩子耕作读书，此其五。

**独卧林泉，旷然自适，无利无营，少思寡欲，修身出世法也。**

译文

独卧山林泉石中，旷达安适，不争利不营谋，少情思寡欲望，这是修身出世的方法。

**入室许清风，对饮惟明月。**

译文

入我室内，只许清风；相对饮酒，只有明月。

**山房置一钟，每于清晨良宵之下，**
**用以节歌，令人朝夕清心，动念和平。**
**李贽❶谓：**
**"有杂想，一击遂忘；有愁思，一撞遂扫。"**
**知音哉！**

注释

①李贽：指明朝思想家李贽，此处引的四句原出李贽《焚书》，有改动。

译文

山中房舍设置一口钟，每当清晨良宵，用来给歌声打节拍，让人早晚心境清明，心念和平。李贽说："有杂念，一击就忘；有愁思，一撞扫清。"他是知音人！

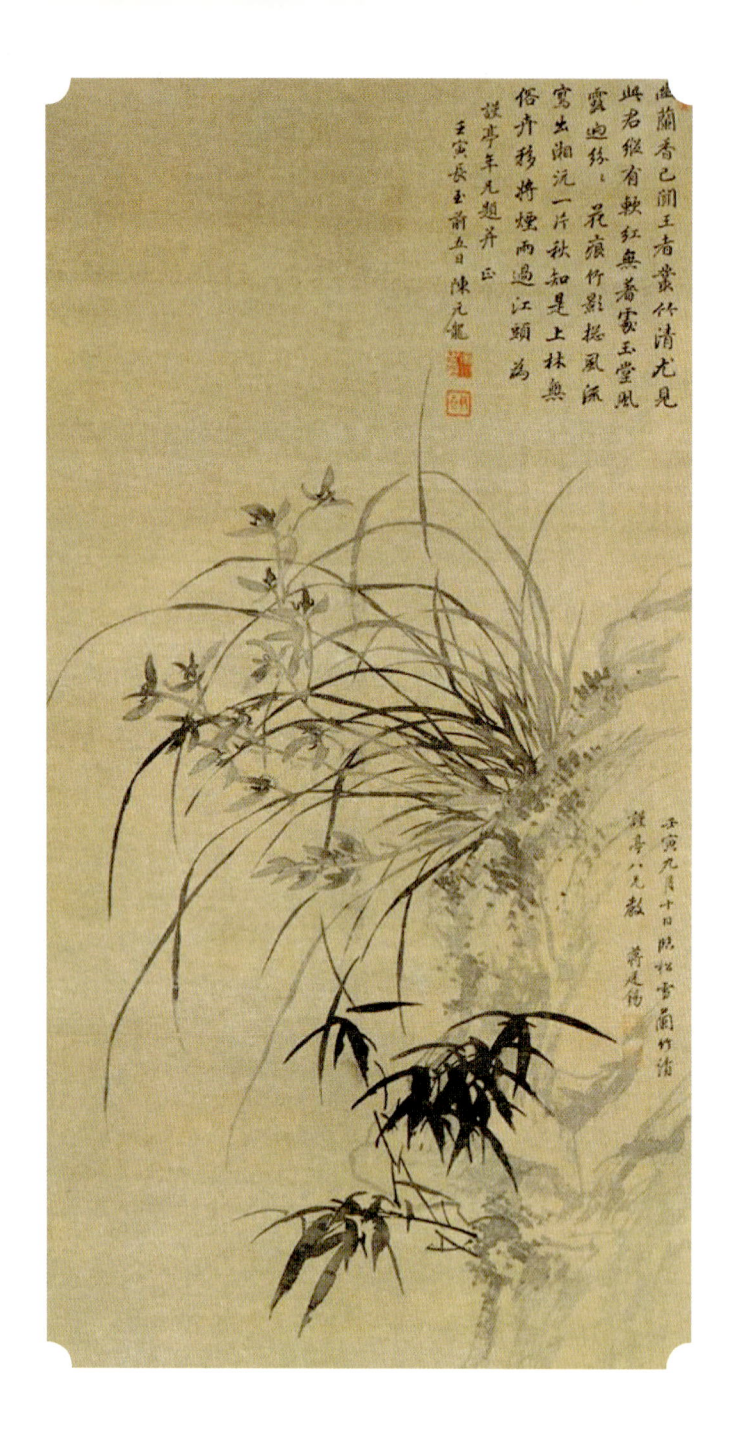

幽蘭香已開玉杏叢竹清尤見
此君纵有軟紅無奈家玉堂風
雲迴絕。花痕竹影摇風流
寫出湘沅一片秋知是上林無
俗卉移將煙雨過江頭為
誤亭年兄題并正
壬寅長至前五日 陳元龍

壬寅九月十日 臨松雪蘭竹诸
誤亭八兄教 蔣廷錫

清 — 蔣廷錫 — 幽兰丛竹图

林泉之浒，风飘万点，清露晨流，
新桐初引，萧然无事，闲扫落花，
足散人怀。

#### 译文

林泉水边，风吹飞万点花絮，晨露晶莹，清流作响，桐树新枝生长，悠然无事，闲扫落花，足让人心怀萧散。

山房之磬，虽非绿玉，
沉明轻清之韵，尽可节清歌洗俗耳。

#### 译文

山舍中的磬，虽不是绿玉制作，但自有深沉、明朗、轻灵、清脆的声韵，完全可以为清亮的歌声打节拍，可以洗除耳中的俗尘。

山居之乐，颇惬冷趣，
煨落叶为红炉，况负暄❶于岩户。
土鼓❷催梅，荻灰暖地，
虽潜凛以萧索，见素柯之凌岁。
同云❸不流，舞雪如醉，
野因旷而冷舒，山以静而不晦。
枯鱼在悬，浊酒已注，朋徒我从，寒盟可固，
不惊岁暮于天涯，即是挟纩❹于孤屿。

#### 注释

①负暄：冬天受日光曝晒取暖。

②土鼓：古乐器。

③同云：《诗经·小雅·信南山》："上天同云，雨雪雰雰。"朱熹集传："同云，云一色也。将雪之候如此。"后作为降雪的典故。

④挟纩（kuàng）：披着棉衣。也比喻受人抚慰而感到温暖。《左传·宣公十二年》："申公巫臣曰：'师人多寒。'王巡三军，拊而勉之，三军之士皆如挟纩。"

北宋 — 赵佶 — 竹禽图

#### 译文

山居的快乐，最满意的是寒冷的情趣，烧落叶作红炉，又在山洞口曝晒取暖。敲击土鼓催促梅花绽放，荻灰撒在地上也让人稍觉温暖。虽然感觉到了潜藏的严寒让万物萧索，仍看到白雪覆盖树枝后一年终要到头。同一色的云聚集不动，在雪中起舞如痴如醉，乡野因空旷而寒冷舒展，群山因镇静而终不晦暗。干鱼悬挂随时可取，浊酒已满只待举杯，朋友相聚，寒天盟约正可加厚，不必惊讶远在天涯度过年末时光，彼此的情分就如同孤岛上相互给予的温暖。

**雨后卷帘看霁色，却疑苔影上花来。❶**

#### 注释

①此系咏绿牡丹之句。

#### 译文

雨后卷起帘子看天晴景象，倒疑虑绿牡丹是青苔投影才成了这般样子。

**月夜焚香，古桐三弄❶，**
**便觉万虑都忘，妄想尽绝。**
**试看香是何味，烟是何色，**
**穿窗之白是何影，指下之余是何音，**
**恬然乐之而悠然忘之者是何趣，**
**不可思量处是何境。**

#### 注释

①古桐三弄：古代常用桐木制琴。三弄：三弄又称《梅花三弄》，中国古琴名曲。以泛声演奏主调，并以同样曲调在不同徽位上重复三次，故称为《三弄》。

元 — 李衎 — 双钩竹图

**译文**

月夜焚香，古琴奏《梅花三弄》，便觉得所有思虑都忘却，一切妄想都断绝。试看香是什么味道，烟是什么颜色，穿过窗户的白是什么影，指下拨弄出的是什么音乐，安然觉得快乐而又悠悠然忘了的是什么趣味，那不可思量之处又是什么境界呢。

> 人之交友，不出趣味两字，
> 有以趣胜者，有以味胜者。
> 然宁饶于味，而无饶于趣。

**译文**

人交友，不外是"趣味"两字，有的以趣取胜，有的以味取胜。但宁愿朋友"味"多胜过于"趣"多。

> 守恬淡以养道，处卑下以养德，
> 去嗔怒以养性，薄滋味以养气。

**译文**

持守恬淡以修道，处于卑下以养德，去除嗔怒以养性，控制饮食以养气。

> 只宜于着意处写意，不可向真景处点景。

**译文**

只宜在有意之处写意，不可在真景物处缀饰。

> 闭户读书，绝胜入山修道；
> 逢人说法，全输兀坐扪心。

元　趙孟頫　竹石圖

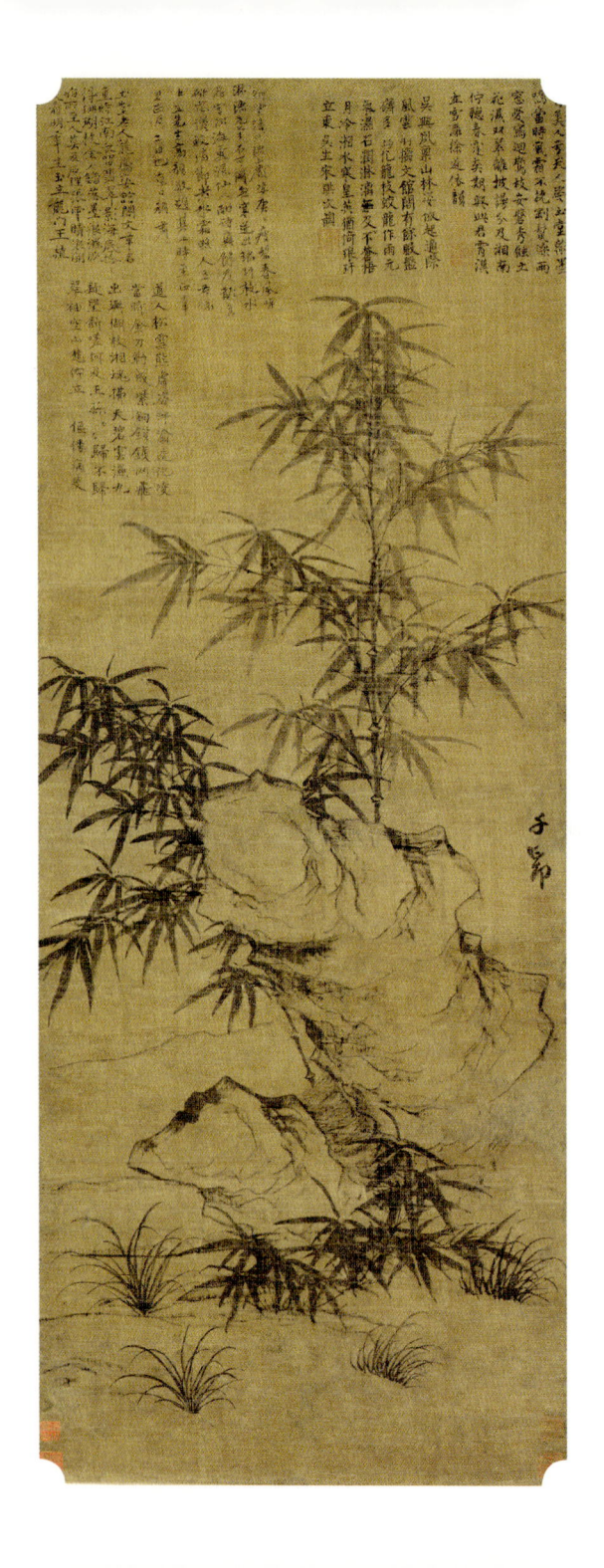

**译文**

闭门读书,远胜入山修道;遇人说法,不如枯坐问心。

> 幽人清课,讵但啜茗焚香;
> 雅士高盟,不在题诗挥翰。

**译文**

隐者清雅功课,岂只是喝茶焚香?雅士清高盟会,不在于题诗挥毫。

> 以养花之情自养,则风情日闲;
> 以调鹤之性自调,则真性自美。

**译文**

用养花的闲情养身,则情趣一天天清闲;用驯鹤的性情自处,则天性自然清美。

> 热汤如沸,茶不胜酒;幽韵如云,酒不胜茶。
> 酒类侠,茶类隐。酒固道广,茶亦德素。

**译文**

热茶像是沸水,茶不如酒;清幽气韵如云,酒不如茶。酒像侠客,茶像隐士。酒固然交游广阔,茶也自有其清素德行。

> 老去自觉万缘都尽,那管人是人非;
> 春来倘有一事关心,只在花开花谢。

**译文**

老去自觉尘缘已尽,哪管人是人非;春来若有一事关心,只在花开花谢。

元 — 夏㫒 — 修筠拳石图

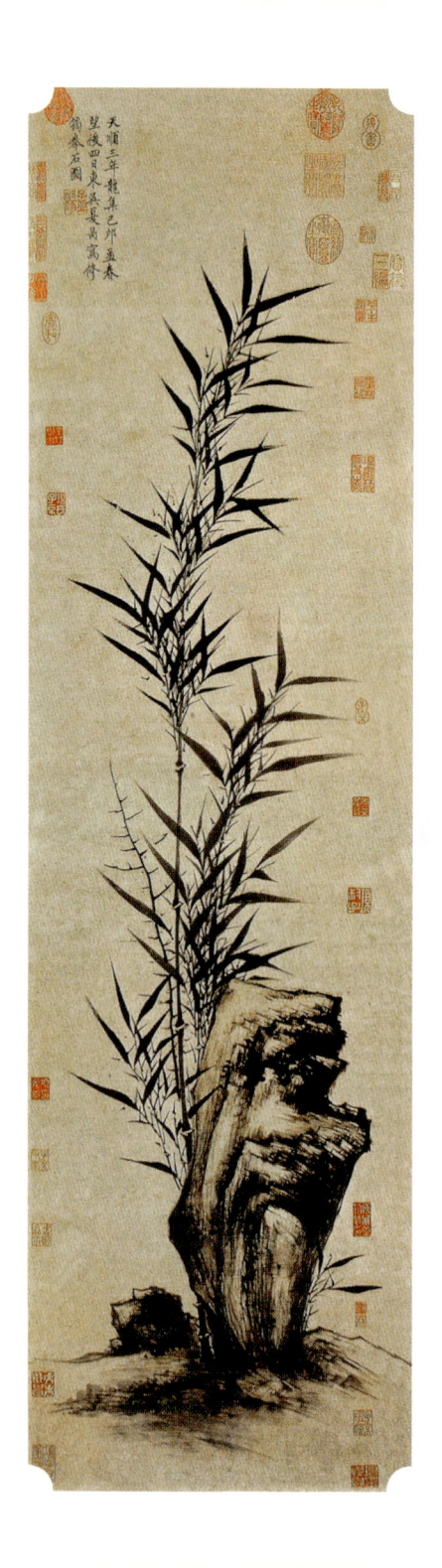

> 午睡欲来，颓然自废，身世庶几浑忘；
> 晚炊既收，寂然无营，烟火听其更举。

**译文**

午间睡意袭来，默然自觉沉寂，身体人世全都遗忘；傍晚炊烟收歇，寂然无所事事，只等烟火再次升起。

> 花开花落春不管，拂意事休对人言；
> 水暖水寒鱼自知，会心处还期独赏。

**译文**

花开花落，春不过问，人生不如意事，不要对人言及；水暖水寒，游鱼自知，有所领会处，还望独自欣赏。

> 宠辱不惊，闲看庭前花开花落；
> 去留无意，漫随天外云卷云舒。

**译文**

宠辱不惊，闲看庭前花开花落；去留无意，任随天外云卷云舒。

> 会得个中趣，五湖之烟月尽入寸衷；
> 破得眼前机，千古之英雄都归掌握。

**译文**

领会得其中意趣，五湖烟月都入心中；识破眼前关键，千古英雄都归掌握。

> 闲为水竹云山主，静得风花雪月权。

**译文**

闲则能够成为水竹云山的主人，静则拥有主宰风花月雪的权力。

> 半幅花笺入手，剪裁就腊雪春冰；
> 一条竹杖随身，收拾尽燕云楚水❶。

**注释**

❶燕：今河北北部一带。楚：今湖南、湖北一带。

**译文**

半幅华美笺纸入手，可写就腊月之雪、春时之冰一般文字；一条竹杖随身前行，可欣赏燕地之云、楚地之水一般美景。

> 霜降木落时，入疏林深处，
> 坐树根上，飘飘叶点衣袖，
> 而野鸟从梢飞来窥人。
> 荒凉之地，殊有清旷之致。

**译文**

霜降叶落时，进入稀疏林木深处，坐在树根上，叶子飘飘，轻点着衣袖，野鸟从树梢飞来窥我。荒凉之地，极有清旷情致。

> 闲中觅伴书为上，身外无求睡最安。

**译文**

清闲中寻伴，书为上；身外已无求，睡最安。

> 萧斋香炉，书史酒器俱捐；
> 北窗石枕，松风❶茶铛将沸。

#### 注释

①松风：《茶经》："凡候汤有三沸。如鱼眼微有声，为一沸。缘边如涌泉连珠，为二沸。腾波鼓浪，为三沸，则汤老。飕飕欲作松风鸣。"

#### 译文

冷落书斋，香炉烟袅，书史与酒器都弃；北窗下卧，以石作枕，茶铛似松风将沸。

菜甲初长，过于酥酪①。
寒雨之夕，呼童摘取，佐酒夜谈，
嗅其清馥之气，可涤胸中柴棘，
何必纯灰三斛②！

#### 注释

①菜甲：菜初生的叶芽。酥酪：以牛羊乳精制成的食品。
②纯灰：纯正草木灰，可药用，比喻清洗胸中尘滓的情物。斛：古代量词。

#### 译文

菜芽初长，味胜酥酪，寒雨之夜，叫童子摘取，佐酒夜谈，嗅其清香，可涤除胸中堵塞的荆棘，何必要用三斛纯灰来清洗！

暖风春座①酒，细雨夜窗棋。

#### 注释

①春座：春天座席。

#### 译文

暖风轻拂春座酒，细雨轻敲夜窗棋。

秋冬之交，夜静独坐，

每闻风雨潇潇，既凄然可愁，
亦复悠然可喜。
至酒醒灯昏之际，尤难为怀。

**译文**

秋末冬初，夜静独坐，每每听闻风雨潇潇，既觉得凄然伤感，又觉得自然欣喜，到了酒醒灯昏时候，心怀尤其难以描说。

黄花红树，春不如秋；白云青松，冬亦胜夏。
春夏园林，秋冬山谷，一心无累，四季良辰。

**译文**

黄花红树，春不如秋；白云青松，冬也胜夏；春夏园林，秋冬山谷，心无挂累，四季都是良辰。

善救时，若和风之消酷暑；
能脱俗，似淡月之映轻云。

**译文**

善于匡救时弊，如同和风消除酷暑；能够脱离尘俗，恰似淡月映着轻云。

心事无不可对人语，则梦寐俱清；
行事无不可使人见，则饮食俱稳。

**译文**

心事尽可对人言，则睡梦清静；行事都可使人见，则饮食安稳。

## 卷六 景

结庐松竹之间,闲云封户;徙倚青林之下,花瓣沾衣。芳草盈阶,茶烟几缕;春光满眼,黄鸟一声。此时可以诗,可以画,而正恐诗不尽言,画不尽意。而高人韵士,能以片言数语尽之者,则谓之诗可,谓之画可,则谓高人韵士之诗画亦无不可。集景第六。

### 译文

在松竹之间构筑房舍,闲云遮挡了门户。在青林之下徘徊养息,花瓣沾染了衣裳。芳草长满台阶,几缕烹茶的炊烟袅绕,春光盎然满眼,黄鸟不时鸣啭。此时,可作诗,可作画,却又担心其中意趣,诗说不完,画绘不尽。而高人雅士,能用片言数语说尽,如此,说是诗对,说是画也对,说是高人雅士的诗画也无不对。

第六集:景。

花关曲折，云来不认湾头；
草径幽深，落叶但敲门扇。

#### 译文

鲜花盛开的关口曲曲折折，彩云飘来也认不清水湾；小草掩蔽的小路幽静深僻，只有落叶偶尔敲动着门扇。

细草微风，两岸晚山迎短棹[1]；
垂杨残月，一江春水送行舟。

#### 注释

①短棹：划船用的小桨，指小船。

#### 译文

细草微风，两岸晚山迎小艇；垂杨残月，一江春水送行舟。

闲步畎亩间，垂柳飘风，新秧翻浪；
耕夫荷农器，长歌相应；
牧童稚子，倒骑牛背，短笛无腔，
吹之不休，大有野趣。

#### 译文

闲步田野，垂柳飘风，新秧翻浪。农夫扛着农具，长歌呼应。牧童倒骑牛背，短笛没有腔调却吹个不停，十分有乡野的趣味。

夜阑人静，携一童立于清溪之畔，
孤鹤忽唳，鱼跃有声，清入肌骨。

#### 译文

夜深人静，携带一童子站在清溪之畔，孤鹤忽鸣，鱼跃有声，清幽便透入肌骨。

> 垂柳小桥，纸窗竹屋，焚香燕坐，
> 手握道书❶一卷。
> 客来则寻常茶具，本色清言，日暮乃归，
> 不知马蹄❷为何物。

注释

①道书：道家或佛家的典籍。

②马蹄：给马加上各种束缚，指性情受到束缚。见《庄子·马蹄》。

译文

垂柳小桥，纸窗竹屋，焚香安坐，手中握一卷道书。有客到来，就是平常茶具，相对清谈，不加矫饰，日暮才归，不知人间束缚是何物。

> 清晨林鸟争鸣，唤醒一枕春梦。
> 独黄鹂百舌，抑扬高下，最可人意。

译文

清晨，林中鸟儿争鸣，唤醒一枕春梦。唯独是黄鹂鸟和百舌鸟，鸣声高低相错，清音悦耳，最让人喜欢。

> 高峰入云，清流见底，两岸石壁，五色交辉，
> 青林翠竹，四时俱备，晓雾将歇，猿鸟乱鸣，
> 日夕欲颓，沉鳞竞跃，实欲界❶之仙都。
> 自康乐❷以来，未有能与其奇者。

注释

①欲界：原为佛教语。三界之一，包括地狱、人间和六欲天等。以贪欲炽盛为其特

征。后指尘世，人世。

②康乐：南北朝时期著名诗人谢灵运，喜游山水，为山水诗派开创者。

### 译文

高峰入云，清流见底，两岸石壁，五彩六色交相辉映，青翠林竹，四季具备，晓雾将收，猿鸟齐鸣，红日西斜，鱼跃层波，实在是人间仙都。在那位喜爱寻山探水的谢灵运之后，没有人能描赏这样的奇景。

> 天气清朗，步出南郊野寺，沽酒饮之。
> 半醉半醒，携僧上雨花台❶，
> 看长江一线，风帆摇曳，
> 钟山紫气❷，掩映黄屋❸，
> 景趣满前，应接不暇。

### 注释

①雨花台：江苏南京名胜。

②钟山紫气：钟山即紫金山，在今江苏省南京市东，上多紫红色岩石，阳光照映，远望呈现紫金色，故名。

③黄屋：帝王所居宫室。

### 译文

天气晴朗，步行出南郊野寺，买酒饮后，半醉半醒，带着僧人上雨花台，看长江如一线流远，风帆摇曳，钟山的紫气掩映着皇家宫室，景趣满眼，让人目不暇接。

> 每登高丘，步邃谷，
> 延留燕坐，见悬崖瀑流，寿木垂萝，
> 闳邃❶岑寂之处，终日忘返。

注释

①闷（bì）邃：神秘幽深。

译文

每每登上高丘，走入深谷，久留安坐，看悬崖瀑布，古树藤萝，神秘幽深、寂静无声处，整日不想返回。

> 风晨月夕，客去后，蒲团可以双跏❶；
> 烟岛云林，兴来时，竹杖何妨独往。

注释

①双跏：跏趺，修禅者的坐法。两脚交叉放在左右大腿上，称"全跏坐"。单用左脚压在右大腿，或右脚压在左大腿，叫"半跏坐"。

译文

微风之晨，明月之夕，客人去后，蒲团可以跏坐静修；烟笼小岛，云绕山林，兴致来时，竹杖不妨拄着独往。

> 三径❶竹间，日华澹澹，固野客之良辰；
> 一偏窗下，风雨潇潇，亦幽人之好景。

注释

①三径：隐者住处，《初学记》卷一八引赵岐《三辅决录》："蒋诩字符卿，舍中三径，唯羊仲、裘仲从之游。二仲皆推廉逃名。"

译文

三径穿过竹林，日光和静，当然是隐士的良辰；一扇藤编窗户，风雨潇潇，也算是幽人的好景。

> 人冷因花寂，湖虚受雨喧。

90

**译文**

人觉冷清,因为花已然稀寂;湖面虚平,雨落就喧闹起来。

> 中庭蕙草❶销雪,小苑梨花梦云。

**注释**

①蕙草:一种香草。古代妇女多佩在身上,作为香料。

**译文**

庭院中蕙草生长,冰雪已融;小苑中梨花深处,梦中云起。

> 荫映岩流之际,偃息琴书之侧,
> 寄心松竹,取乐鱼鸟,
> 则淡泊之愿,于是毕矣。

**译文**

树荫掩映山岩流水之际,幽人卧息古琴书卷之侧,寄心于松竹,得乐于鱼鸟,我淡泊的心愿也就算完整了。

> 庭前幽花时发,披览既倦,每啜茗对之。
> 香色撩人,吟思忽起,遂歌一古诗,以适清兴。

**译文**

庭前幽香的花按时开了,读书倦时,常饮茶相对。觉得香色撩人,触起诗意,就歌咏一首古诗,来投合自己的清雅兴致。

> 凡静室,须前栽碧梧,后种翠竹,
> 前檐放步,北用暗窗,
> 春冬闭之,以避风雨,夏秋可开,以通凉爽。

然碧梧之趣，春冬落叶，以舒负暄融和之乐，
夏秋交荫，以蔽炎烁蒸烈之威，
四时得宜，莫此为胜。

**译文**

安静的居室，要前栽碧绿的梧桐，后种青翠的竹子。前檐要宽，可以放开步子走动。北面背阴处要设暗窗，春冬时节关闭，遮蔽风雨；夏秋时节打开，通风凉爽。然而碧梧的乐趣，还在于春冬落叶后，可以舒展阳光让人倍觉暖和的乐趣；夏秋浓荫时，可以遮蔽烈日烤蒸的严威。四时相宜，没有比这更好的了。

家有三亩园，花木郁郁。
客来煮茗，谈上都贵游[1]、人间可喜事，
或茗寒酒冷，宾主相忘。
其居与山谷相望，暇则步草径相寻。

**注释**

[1] 上都：古代对京都的通称。贵游：指无官职的王公贵族。也泛指显贵者。

**译文**

家中有三亩园林，花木郁郁葱葱。客人来煮茶相待，谈谈京城显贵与人间可喜的事情，有时茶寒酒冷，宾主也都忘了彼此。居所与山谷相望，闲暇时就从草径去探寻。

良辰美景，春暖秋凉。负杖蹑履，逍遥自乐。
临池观鱼，披林听鸟；酌酒一杯，弹琴一曲；
求数刻之乐，庶几居常以待终。

**译文**

良辰美景，春暖秋凉，拄杖穿鞋，逍遥自乐。临池观鱼，入林听

鸟，酌一杯酒，弹一曲琴，获得几刻的快乐，就这样把这些当作常事一直到生命终结。

> 筑室数楹，编槿为篱，结茅为亭。
> 以三亩荫竹树栽花果，二亩种蔬菜，
> 四壁清旷，空诸所有，蓄山童灌园薙草，
> 置二三胡床着亭下，挟书剑伴孤寂，
> 携琴弈以迟良友，此亦可以娱老。

**译文**

修筑几间房屋，将木槿编为篱笆，结茅草作亭子。用三亩栽竹树花果，二亩种蔬菜。四面墙壁一片空旷，什么都没有。养几个山童浇水锄草，放两三个胡床在亭下，带书剑陪伴自己的孤寂，携琴棋等候良友，这样也可以安度晚年。

> 几分春色，全凭狂花疏柳安排；
> 一派秋容，总是红蓼白蘋❶妆点。

**注释**

①红蓼：蓼的一种。多生水边，花呈淡红色。白蘋：水中浮草。

**译文**

几分春色，全凭怒放的鲜花与稀疏的杨柳安排；一派秋容，总是红蓼与白蘋装饰点缀。

> 南湖❶水落，妆台❷之明月犹悬；
> 西廊烟销，绣榻之彩云不散❸。

**注释**

①南湖：一名鸳鸯湖，在浙江嘉兴市内。

②妆台：指西施梳妆台，在范蠡湖。范蠡湖位于嘉兴环城南路，二号桥附近，原湖面宽阔，有人考证南湖原也为其一角，后因筑城而成为一小湖泊。
③西廓：指浙江嘉兴西城外。

**译文**

南湖水落，妆台明月依然高悬；西廓烟销，绣榻彩云仍旧不散。

春山艳冶如笑，夏山苍翠如滴，
秋山明净如妆，冬山惨淡如睡。

**译文**

春山妖艳如笑，夏山苍翠如滴，秋山明净如妆，冬山惨淡如睡。

眇眇乎春山，澹冶而欲笑；
翔翔乎空丝，绰约而自飞。

**译文**

辽远春山，淡雅明丽欲笑；飘翔游丝，婉约柔美自飞。

山曲小房，入园窈窕幽径，绿玉万竿。
中汇涧水为曲池，环池竹树云石，
其后平冈逶迤，古松鳞鬣，
松下皆灌丛杂木，茑萝骈织，亭榭翼然。
夜半鹤唳清远，恍如宿花坞❶间；
闻哀猿啼啸，嘹呖惊霜，
初不辨其为城市为山林也。

**注释**

①花坞：四周高起中间凹下的种植花木的地方。

94

**译文**

山弯曲处建一处小房子，入园是深幽小径，万竿绿竹。中间汇集水流作曲折池塘，周围种上竹子，安置大石头。后面低平山冈绵延，古松树皮如鱼鳞，松针如硬须，松下都是丛生的低矮杂木，寄生茑萝联并交织，亭榭展翅如飞。夜半时分，鹤鸣清远，恍如宿在花坞中一般。间或又听到哀猿啼啸，响亮凄清，似惊霜雪，便开始觉得已分辨不清此地是城市还是山林了。

**一抹万家，烟横树色，翠树欲流，
浅深间布，心目竞观，神情爽涤。**

**译文**

一片云雾笼罩万家，横穿过树林，树木青翠欲流，与淡云深浅相间，心与目争相观赏，神情也为之清爽涤净。

**万里澄空，千峰开霁，山色如黛，风气如秋，
浓阴如幕，烟光如缕，笛响如鹤唳，
经飔如咿唔，温言如春絮，冷语如寒冰，
此景不应虚掷。**

**译文**

澄空万里，千峰放晴，山色浓绿，风气如秋，浓阴如遮幕，烟光如丝缕，笛响如鹤唳，诵经声咿咿唔唔，好言如春日飞絮，冷语如冬日寒冰，这般景物，不应随意错过。

**山房置古琴一张，质虽非紫琼绿玉，
响不在焦尾、号钟❶，置之石床，快作数弄。
深山无人，水流花开，清绝冷绝。**

#### 注释

①焦尾、号钟：古代名琴。

#### 译文

山房中放置一张古琴，质地虽不是紫琼绿玉，响声也不如名琴焦尾、号钟，放在石床上，畅快弹奏数曲，深山无人，水流花开，清净至极，幽冷至极。

  密竹轶云，长林蔽日，浅翠娇青，笼烟惹湿，构数椽其间，竹树为篱，不复葺垣。中有一泓流水，清可漱齿，曲可流觞①，放歌其间，离披蒨郁，神涤意闲。

#### 注释

①流觞：流觞曲水，在曲绕的水流边举行宴会，上流放酒杯任其流下，杯停在谁面前，谁就取而饮酒。晋王羲之《兰亭集序》："又有清流激湍，映带左右，引以为流觞曲水。"

#### 译文

繁密的竹子高指入云，高大的树林浓阴蔽日，浅翠娇青，笼烟惹湿，在其间构造几间茅屋，用竹树作篱笆，不再修筑围墙。中间有一泓流水，清澈可以漱齿，弯曲可以流觞。在其间放歌，草木繁盛鲜艳，心意清净悠闲。

  云晴叆叇①，石楚②流滋，狂飙忽卷，珠雨淋漓。黄昏孤灯明灭，山房清旷，意自悠然。夜半松涛惊飓，蕉园鸣琅䜩坎③之声，疏密间发，愁乐交集，足写幽怀。

#### 注释

①叆叇（ài dài）：云多的样子。

②石楚：石础，柱下石。柱下石若潮湿流水，预示天将下雨。

③鸣琅：金石相击。欵（kuǎn）坎：象声词。

### 译文

晴空中忽然浓云密布，柱子下的石础也潮湿流水，狂风席卷大地，如珠大雨淋漓倾洒。黄昏时分，孤灯明灭，山房清静空旷，心中悠然自得。夜半时分，松涛大作，如滔天巨浪，芭蕉园传来如金石相击的声响，时疏时密，让人愁乐交集，足够抒发内心幽隐的情怀。

**孤帆落照中，见青山映带，征鸿回渚，
争栖竞啄，宿水鸣云，声凄夜月，
秋飙萧瑟，听之黯然，
遂使一夜西风，寒生露白。**

### 译文

落日下孤帆在水，青山映衬，飞鸿在沙洲上回翔，争相栖停啄食。它们宿在水边，鸣叫声直入云空，在夜月下格外凄清，加之秋风萧瑟，听着更觉黯然消魂。一夜西风，寒气袭来，便使露白为霜。

**春雨初霁，园林如洗，开扉闲望，
见绿畴麦浪层层，与湖头烟水相映带，
一派苍翠之色，或从树杪流来，或自溪边吐出。
支筇❶散步，觉数十年尘土肺肠，俱为洗净。**

### 注释

①筇（qióng）：竹杖。

### 译文

春雨初晴，园林如洗，开门闲望，见到绿色的田野上麦浪层层，与湖边烟水相映衬。一派苍翠颜色，或从树梢流来，或自溪边吐出。挂着竹杖散步，觉得几十年的尘俗心肠，都被清洗一净。

> 四月有新笋、新茶、新寒豆、新含桃，
> 绿阴一片，黄鸟数声，乍晴乍雨，不暖不寒，
> 坐间非雅非俗，半醉半醒，
> 尔时如从鹤背飞下耳。

**译文**

四月有新笋、新茶、新豌豆、新樱桃，绿荫一片，黄鸟几声，忽晴忽雨，不暖不寒，座中宾客非雅非俗，半醉半醒，此时如乘仙鹤飞下一般。

> 名从刻竹，源分渭亩之云❶；
> 倦以据梧，清梦郁林之石❷。

**注释**

❶刻竹：犹剖竹。古代授官封爵，以竹符为信。剖分为二，一给本人，一留朝廷，相当于后来的信符、委任状。后因以"刻竹"为授官之称。渭亩之云：指渭川千亩如云的竹林。

❷郁林之石：《新唐书·隐逸传·陆龟蒙》："陆氏在姑苏，其门有巨石。远祖绩尝事吴为郁林太守，罢归无装，舟轻不可越海，取石为重，人称其廉，号'郁林石'，世保其居云。"后"郁林石"用作为官清廉的典故。

**译文**

官名刻在竹符上，这符源自渭川千亩竹林；倦后便靠着梧桐，梦当年陆绩清廉为官的往事。

> 夕阳林际，蕉叶堕而鹿眠；
> 点雪炉头，茶烟飘而鹤避。

**译文**

夕阳洒在林际，蕉叶掉在地上，鹿也入了梦乡；雪落在炉火边，烹茶烟气飘扬，鹤也为之走避。

> 高堂客散，虚户风来，门设不关，帘钩欲下。
> 横轩有狻猊之鼎，隐几皆龙马之文[1]。
> 流览霄端，寓观濠上[2]。

**注释**

[1] 狻猊（suān ní）：狮子，此指刻镂成狮子状的香炉。龙马：古代传说中龙头马身的神兽。

[2] 濠上：指庄子惠子游于濠梁事，《庄子·秋水》："庄子与惠子游于濠梁之上。庄子曰：'鲦鱼出游从容，是鱼之乐也。'惠子曰：'子非鱼，安知鱼之乐？'庄子曰：'子非我，安知我不知鱼之乐？'惠子曰：'我非子，固不知子矣；子固非鱼也，子之不知鱼之乐，全矣！'庄子曰：'请循其本。子曰"汝安知鱼乐"云者，既已知吾知之而问我。我知之濠上也。'"后多用作逍遥自在的典故。

**译文**

大堂上客人已散，风从虚掩的门户吹入，帘钩将要放下。窗前有狮形香炉，倚着的几案上有龙头马身神兽的花纹，此时远望云端，心游濠上，遥念庄子，别是一种滋味。

> 山居有四法：
> 树无行次，石无位置，屋无宏肆，心无机事。

**译文**

山中居住有四种方法：种树不讲行列，摆石不固定位置，屋子不求规模宏大，心中没有机巧之事。

> 海山微茫而隐见，江山严厉而峭卓，

溪山窈窕而幽深，寒山童赪而堆阜，
桂林之山，绵衍庞博，江南之山，峻峭巧丽。
山之形色，不同如此。

#### 译文

海山渺茫，隐约可见；江山威严，险峭挺拔；溪山幽深，明静美好；寒山秃红，仅似堆土；桂林之山，绵延无边；江南之山，峻峭巧丽。山的形色，便是这般不同。

杜门避影，出山一事，不到梦寐间。
春昼花阴，猿鹤饱卧，亦五云之余荫❶。

#### 注释

❶五云：指云英、云珠、云母、云液、云沙五种云母。据称按五季服用，能长寿乃至成仙。

#### 译文

闭门躲避人影，出山之事，不再入我梦境。春日花阴下，与猿鹤一同饱卧，这也是修炼成仙的一点办法。

白云徘徊，终日不去。岩泉一支，潺湲斋中。
春之昼，秋之夕，既清且幽，
大得隐者之乐，惟恐一日移去。

#### 译文

白云徘徊，终日不离。山泉一支，流淌斋中。春之白日，秋之晚夕，既清雅又幽静，很是有隐者的乐趣，只担忧一天会离去。

与衲子辈坐林石上，谈因果，说公案❶。
久之，松际月来，振衣而起，踏树影而归，

100

此日便是虚度。

注释

①公案：佛教神宗指前辈祖师的言行范例。

译文

与僧人坐在林中石上，谈因果轮回，说佛门先辈言行。很久之后，松间月来，振衣而起，踏着树影归去，这一天就这样虚度了。

结庐人境，植杖山阿，林壑地之所丰，
烟霞性之所适，荫丹桂，藉白茅，
浊酒一杯，清琴数弄，诚足乐也。

译文

在有人聚居处构筑房舍，拄杖前往山上曲折处，此地树林繁茂，谷壑多有，烟霞最合我心。丹桂树下，铺展白茅，一杯浊酒，几曲清琴，实在让人快乐。

辋水①沦涟，与月上下；
寒山远火，明灭林外，深巷小犬，吠声如豹。
村墟夜舂②，复与疏钟相间，
此时独坐，童仆静默。

注释

①辋水：即辋川，水名。在陕西省蓝田县南。
②舂（chōng）：把东西放在石臼或乳钵里捣掉皮壳或捣碎。

译文

辋川水泛动微波，与水上月光相荡漾。寒山远处灯火，在林外明明灭灭，深巷中小狗儿叫声像豹子一般。村庄有人在夜里舂粮，那声音与稀疏的钟声相间，这时独坐，童仆也静默。

晴雪长松，开窗独坐，恍如身在冰壶；
斜阳芳草，携杖闲吟，信是人行图画。

**译文**

晴雪长松，开窗独坐，恍如身在藏冰的玉壶内；斜阳芳草，拄杖闲吟，确乎是人行走在画图中。

小窗下，修篁萧瑟，野鸟悲啼；
峭壁间，醉墨❶淋漓，山灵呵护。

**注释**

❶醉墨：指醉中所作的诗画。

**译文**

小窗下，长竹萧瑟，野鸟悲啼；峭壁间，醉墨淋漓，山神呵护。

云收便悠然共游，雨滴便冷然俱清，
鸟啼便欣然有会，花落便洒然有得。

**译文**

雨过云收，就悠然同游；天阴滴雨，便与之共冷；小鸟鸣啼，便欣然会心；花落尘埃，便了然有悟。

山馆秋深，野鹤唳残清夜月；
江园春暮，杜鹃啼断落花风。

**译文**

山馆秋深，清夜良月，野鹤鸣声惊心；江园春暮，风飘落花，杜鹃啼声凄苦。

> 赏花酣酒,酒浮园菊凡三盏;
> 睡醒问月,月到庭梧第二枝。
> 此时此兴,亦复不浅。

译文

赏花时酣饮美酒,杯中浮着园中菊花,一共三盏;睡醒后想问月色,才照到庭院梧桐,是第二枝。此时兴味,也不算浅。

> 看山雨后,霁色一新,便觉青山倍秀;
> 玩月江中,波光千顷,顿令明月增辉。

译文

雨后看山,晴明一新,便觉青山倍加秀丽;江中赏月,波光千顷,顿时明月增添光辉。

> 小窗偃卧,月影到床,
> 或逗留于梧桐,或摇乱于杨柳;
> 翠华扑被,神骨俱仙。
> 及从竹里流来,如自苍云吐出。
> 清送素蛾之环佩,逸移幽士之羽裳。
> 相思足慰于故人,清啸自纡于良夜。

译文

小窗下躺卧,月光照射到床边,有的在梧桐树上逗留,有的在杨柳枝上乱摇。翠色扑满被子,精神骨骼都飘飘欲仙。等到月光从竹叶间洒来,就像从青云中吐出一般,清脆地送来嫦娥的环佩之声,飘逸地吹动了幽人的羽衣。她勾起的相思足以安慰故人,我清朗的长啸在这良夜中萦绕许久。

绘雪者，不能绘其清；绘月者，不能绘其明；绘花者，不能绘其香；绘风者，不能绘其声；绘人者，不能绘其情。

#### 译文

画雪的人，画不出它的清高；画月的人，画不出它的明朗；画花的人，画不出它的香味；画风的人，画不出它的声音；画人的人，画不出他的情感。

读书宜楼，其快有五：
无剥啄之惊，一快也；
可远眺，二快也；
无湿气浸床，三快也；
木末竹颠，与鸟交语，四快也；
云霞宿高檐，五快也。

#### 译文

读书要在高楼上，其让人快意的地方有五处：没有敲门的惊扰，这是第一种快意；可以远眺，这是第二种快意；无湿气浸潮床席，这是第三种快意；能与树末竹梢小鸟交谈，这是第四种快意；云霞停宿在屋檐下，这是第五种快意。

篱边杖履送僧，花须列于巾[1]角；
石上壶觞坐客，松子落我衣裾。

#### 注释

[1]巾：此处当指方巾，明代文人、处士所戴的软帽。

#### 译文

篱边拄杖踏鞋送走僧人，花蕊挂在了方巾角上；石桌上列壶举杯待客，松子掉落打到了我的衣襟。

> 远山宜秋，近山宜春，
> 高山宜雪，平山宜月。

**译文**

远山宜赏秋景，近山宜赏春景，高山宜赏雪景，平山宜赏月景。

> 珠帘蔽月，翻窥窈窕之花；
> 绮幔藏云，恐碍扶疏之柳。

**译文**

珠帘遮蔽了月光，反要窥看窈窕的鲜花；绮丽的帐幔隐藏了云彩，恐怕挡住了摇摆的垂柳。

# 卷七 韵

人生斯世，不能读尽天下秘书灵笈[1]。有目而昧，有口而哑，有耳而聋，而面上三斗俗尘，何时扫去？则韵之一字，其世人对症之药乎？虽然，今世且有焚香啜茗，清凉在口，尘俗在心，俨然自附于韵，亦何异三家村老妪，动口念阿弥，便云升天成佛也。集韵第七。

### 注释

[1] 秘书：秘密机要的书籍文件。宫禁秘藏之书，也指谶纬图箓等书。灵笈：装仙道秘籍的箱子，指仙道秘籍。二词合用，泛指各种图书。

### 译文

人生此世，不能读尽天下的宝书秘籍。有眼却昏，有口却哑，有耳却聋，而脸上的三斗俗尘，何时才能扫去？则"韵"这个字，是世人的对症之药吧？虽说如此，如今还有人焚香品茶，清凉在口，尘俗留心，却一本正经以为自己已经属于"韵人"，这与那些偏僻小村老太动口念念"阿弥陀佛"，就说自己已经升天成佛又有什么不同呢？

第七集：韵。

雪后寻梅，霜前访菊；
雨际护兰，风外听竹。

**译文**

雪后寻梅，霜前访菊；雨天护兰，风外听竹。

春云宜山，夏云宜树，
秋云宜水，冬云宜野。

**译文**

春天山上的云最好，夏天树林的云最好，秋天水边的云最好，冬天荒野的云最好。

春夜小窗兀坐，月上木兰，
有骨凌冰，怀人如玉。
因想"雪满山中高士卧，
月明林下美人来"[1]语，
此际光景颇似。

**注释**

[1]雪满二句：出自高启《梅花九首》之一。

**译文**

春夜在小窗下独坐，月光照耀着木兰花树，仿佛是骨立在冰雪中，让人怀想起如玉的人儿。于是想到"雪满山中高士卧，月明林下美人来"的诗句，此时此夜，景象十分相似。

文房供具，
借以快目适玩，铺叠如市，颇损雅趣，
其点缀之法，罗罗[1]清疏，方能得致。

### 注释

①罗罗：疏朗清晰。

### 译文

书房中陈设的器物，是用来悦目把玩的，铺叠太多，像集市上的物品一般，很是破坏优雅的意味。器物摆放点缀的方法，疏朗适用，才有情致。

香令人幽，酒令人远，茶令人爽，琴令人寂，棋令人闲，剑令人侠，杖令人轻，麈令人雅，月令人清，竹令人冷，花令人韵，石令人隽，雪令人旷，僧令人谈，蒲团令人野，美人令人怜，山水令人奇，书史令人博，金石鼎彝①令人古。

### 注释

①金石：指古代镌刻文字、颂功纪事的钟鼎碑碣之类。鼎彝：古代祭器，上面多刻着表彰有功人物的文字。

### 译文

香令人幽静，酒令人高远，茶令人清爽，琴令人清寂，棋令人清闲，剑令人任侠，杖令人轻盈，麈令人清雅，月令人清澈，竹令人清冷，花令人生韵，石令人隽永，雪令人清旷，僧令人欲谈，蒲团令人淡野，美人令人爱怜，山水令人清奇，书史令人广博，钟鼎碑碣祭器之类，令人古朴。

窗宜竹雨声，亭宜松风声，几宜洗砚声，榻宜翻书声，月宜琴声，雪宜茶声，春宜筝声，秋宜笛声，夜宜砧①声。

#### 注释

①砧(zhēn)：捣衣石。

#### 译文

当窗宜听竹雨声，亭中宜听松风声，几案边宜听洗砚声，卧榻上宜听翻书声，月下宜听琴声，对雪宜听煮茶声，春天宜听筝声，秋天宜听笛声，夜晚宜听捣衣声。

云林❶性嗜茶，在惠山中，
用核桃、松子肉和白糖，成小块，如石子，
置茶中，出以啖❷客，
名曰清泉白石。

#### 注释

①云林：元代画家倪瓒，字元镇，号云林子。
②啖(dàn)：吃，给……吃。

#### 译文

倪云林嗜好饮茶，在惠山中，用核桃、松子肉和白糖，制成小块，如石子，放入茶中，端出待客，名为"清泉白石"。

鸟衔幽梦远，只在数尺窗纱；
蛩递秋声悄，无言一龛灯火。

#### 译文

鸟儿将清幽的梦衔住远去了，却恍然觉得好像还停留在几尺窗纱上；蟋蟀鸣叫带来的却是秋天静悄悄的消息，无言可说，只能对着一龛灯火。

藉草班荆，安稳林泉之夘❶；
披裘拾穗，逍遥草泽之曜❷。

**注释**

①夘：通"夕"，夜晚。

②曜（yào）：日光。

**译文**

铺开茅草荆条，朋友共坐，在林泉下安度一个夜晚；披着皮裘捡拾稻穗，在草泽中逍遥地享受日光。

万绿阴中，小亭避暑，八闼❶洞开，几簟皆绿。雨过蝉声来，花气令人醉。

**注释**

①闼（tà）：门。

**译文**

万绿荫中，小亭避暑，八门敞开，几案席子都绿。雨过蝉声传来，花气令人陶醉。

瘦影疏而漏月，香阴气而堕风。

**译文**

瘦影稀疏，月光透洒；香气浓郁，堕入风中。

与梅同瘦，与竹同清，与柳同眠，与桃李同笑，居然花里神仙；
与莺同声，与燕同语，与鹤同唳，与鹦鹉同言，如此话中知己。

**译文**

与梅同瘦,与竹同清,与柳同眠,与桃李同笑,俨然是花丛里神仙;与莺同声,与燕同语,与鹤同唳,与鹦鹉同言,如此乃话语中知己。

> 栽花种竹,全凭诗格取裁;
> 听鸟观鱼,要在酒情打点。

**译文**

栽花种竹,全按诗歌格调来安排;听鸟观鱼,要从饮酒情趣上思虑。

> 梅花入夜影萧疏,顿令月瘦;
> 柳絮当空晴恍忽,偏惹风狂。

**译文**

梅花入夜清影萧疏,顿时让明月消瘦;柳絮晴空恍惚迷离,偏偏惹风儿痴狂。

> 花阴流影,散为半院舞衣;
> 水响飞音,听来一溪歌板❶。

**注释**

①歌板:即拍板,唱歌时用来打拍子。

**译文**

花影流动,散落成半院飘动的舞衣;水声飞散,听来像是一溪清响的歌板。

萍花香里，风清几度渔歌；
杨柳影中，月冷数声牛笛。

**译文**

萍花香里，和风清润渔人之歌；杨柳影中，月色浸冷牧童之笛。

谢将缥缈无归处，断浦沉云；
行到纷纭不系时，空山挂雨。

**译文**

分别后心中渺茫无所归依，冷落的水边总是阴云密布；行走到纷繁意念不再牵系，空山树枝上常常挂着雨滴。

浣花溪❶内，洗十年游子衣尘；
修竹林❷中，定四海良朋交籍。

**注释**

❶浣花溪：在成都，又名百花潭，唐代大诗人杜甫曾在长久漂泊后在此居住过几年。
❷修竹林：用"竹林七贤"典，《世说新语·任诞》："陈留阮籍、谯国嵇康、河内山涛三人年皆相比，康年少亚之。预此契者，沛国刘伶、陈留阮咸、河内向秀、琅邪王戎。七人常集于竹林之下，肆意酣畅，故世谓'竹林七贤'。"

**译文**

浣花溪内，可洗净十年游子衣上尘土；修竹林中，能写定四海良朋交游名册。

艳阳天气，是花皆堪酿酒；
绿阴深处，凡❶叶尽可题诗。

**注释**

❶凡：凡是，只要是。

**译文**

艳阳天气，花皆能酿酒；绿荫深处，叶尽可题诗。

> 曲沼荇香侵月，未许鱼窥；
> 幽关松冷巢云，不劳鹤伴。

**译文**

纡曲的池沼中，荇草的香气浸染了水中的月亮，不允许鱼来窥瞧；幽静的山关上，松树上隐士的巢居缭绕着冷云，不劳烦鹤来相伴。

> 篇诗斗酒，何殊太白之丹丘❶；
> 扣舷吹箫，好继东坡之赤壁❷。

**注释**

①篇诗二句：李白《将进酒》："岑夫子，丹丘生，将进酒，杯莫停。"岑夫子指岑勋，丹丘生指元丹丘，都是李白的朋友。这里属于借对。

②扣舷二句：苏轼《赤壁赋》："壬戌之秋，七月既望，苏子与客泛舟游于赤壁之下……于是饮酒乐甚，扣舷而歌之……客有吹洞箫者，倚歌而和之……"

**译文**

吟唱诗篇畅饮美酒，与李太白、元丹丘有何分别？轻扣船舷吹奏洞箫，继续东坡赤壁之游的欢乐。

> 茶中着料，碗中着果，
> 譬如玉貌加脂，蛾眉着黛，翻累本色。

**译文**

茶中放佐料，碗中加果子，如同美丽的脸涂抹脂粉，修长的眉毛描上青黛，反而损害了本色的美。

**煎茶非漫浪，要须人品与茶相得，
故其法往往传于高流隐逸，
有烟霞泉石磊落胸次者。**

译文

烹茶不能随随便便，一定要人品与茶相配，所以方法往往流传在那些清高隐逸、具备烟霞泉石心境、胸怀磊落的人之中。

**松涧边携杖独往，立处云生破衲；
竹窗下枕书高卧，觉时月浸寒毡。**

译文

松涧边拄杖独往，站立处，白云缭绕着破旧的僧衣；竹窗下枕书高卧，醒来时，月光浸润了简陋的毛毡。

**客到茶烟起竹下，何嫌屐破苍苔；
诗成笔影弄花间，且喜歌飞《白雪》。**

译文

客人来时，烹茶的烟雾从竹下升起，哪里会嫌弃木屐踩破青苔呢？谋篇已成，誊写的笔影在花间飞动，姑且欣喜作的是高雅诗章。

**月有意而入窗，云无心而出岫。**

译文

明月有意，直照入窗户；白云无心，悠然出峰峦。

**扫径迎清风，登台邀明月。
琴觞之余，间以歌咏，止许鸟语花香，**

来吾几榻耳。

**译文**

扫径迎清风,登台邀明月。弹琴饮酒,间或歌咏,只许鸟语花香来我几案床榻。

风波尘俗,不到意中;
云水淡情,常来想外。

**译文**

风波尘俗,不入意中;云水淡情,常来心外。

纸帐梅花[1],休惊他三春清梦;
笔床茶灶,可了我半日浮生。

**注释**

[1]纸帐梅花:即梅花纸帐,见于宋代林洪《山家清事·梅花纸帐》:"法用独床。旁置四黑漆柱,各挂以半锡瓶,插梅数枝,后设黑漆板约二尺,自地及顶,欲靠以清坐。左右设横木一,可挂衣,角安斑竹书贮一,藏书三四,挂白麈一。上作大方目顶,用细白楮衾作帐罩之。前安小踏床,于左植绿漆小荷叶一,置香鼎,然紫藤香。中只用布单、楮衾、菊枕、蒲褥。"

**译文**

梅花纸帐中酣睡,不要惊扰了他三春清梦;笔床茶灶,可以悠闲度过我半天生涯。

酒浇清苦月,诗慰寂寥花。

**译文**

酒浇清苦之月,诗慰寂寥之花。

好梦乍回，沉心未烬，风雨如晦，竹响入床，
此时兴复不浅。

**译文**

好梦忽醒，沉睡的心还没能回还，风雨晦暗，竹叶摇响来我床边，此时兴味，倒也不浅。

花枝送客蛙催鼓，竹籁喧林鸟报更，
谓山史实录。❶

**注释**

①本条采自陈继儒《岩栖幽事》："山鸟每至五更，喧起五次，谓之'报更'。盖山中真率漏声也。余忆曩居小昆山下，时梅雨初霁，座客飞觞，适闻庭蛙，请以节饮。因题联云：'花枝送客蛙催鼓，竹籁喧林鸟报更。'可谓山史实录。"

**译文**

花下宴宾客，蛙声如鼓点一般催促送客节制饮酒。竹林中喧闹，那是小鸟在天还没亮时报更的声音。这些都算是山居之史、个人实录了。

遇月夜，露坐中庭，
必爇香一炷，可号伴月香。

**译文**

明月之夜，露天坐在中庭，必然要燃一炷香，可称为"伴月香"。

襟韵洒落，如晴雪秋月，尘埃不可犯。

**译文**

其人襟怀气韵洒脱磊落，如晴天白雪、秋夜明月，尘埃不可侵犯。

**名利场中羽客，人人输蔡泽一筹❶；**
**烟花队里仙流，个个让涣之独步❷。**

#### 注释

①名利二句：羽客：神仙或方士。蔡泽：战国说客，入秦为客卿，不久为相。《史记·范雎蔡泽列传》："蔡泽相秦数月，人或恶之，惧诛，乃谢病归相印，号为纲成君。居秦十余年，事昭王、孝文王、庄襄王，卒事始皇帝……"蔡泽先后事奉多位帝王，却能保全自己。

②烟花二句：涣之，当指唐代诗人王之涣。唐代薛用弱《集异记》记载，开元年间，诗人王昌龄、高适、王之涣齐名，一次，三人到酒楼饮酒，见到四位美丽的歌妓唱歌，三人便打赌谁的诗会被唱得多。一位歌妓先唱王昌龄的诗。第二位唱的是高适的诗。第三位唱的是王昌龄的诗。王昌龄自然得意，王之涣指着最美的歌妓说：她唱的若不是我的诗，我从此不与你们争高下了。那位歌妓一唱，果然是王之涣的《从军行》："黄河远上白云间，一片孤城万仞山。羌笛何须怨杨柳，春风不度玉门关。"

#### 译文

名利场里的高人，人人输给安享荣华的蔡泽一筹；烟花丛中的雅士，个个都得让作《凉州词》的王之涣独步。

---

**深山高居，炉香不可缺，**
**取老松柏之根枝实叶共捣治之，**
**研枫肪羼和之❶，每焚一丸，亦足助清苦。**

#### 注释

①枫肪：即枫脂，枫树上分泌的胶状液体，有香味，可入药。羼（chàn）和：把不同的东西掺混在一起。

#### 译文

深山隐居，炉中香料不能缺，取老松柏的根、枝、果实、叶子一起捣碎，研磨枫脂一起制作成丸，每焚一粒，也能助人承受清苦生活。

松声，涧声，山禽声，夜虫声，
鹤声，琴声，棋子落声，雨滴阶声，
雪洒窗声，煎茶声，皆声之至清，
而读书声为最。

**译文**

松声，涧声，山禽声，夜虫声，鹤声，琴声，棋子落声，雨滴阶声，雪洒窗声，煎茶声，都是声音中最清雅的，而读书声又是其中之最。

晓起入山，新流没岸；
棋声未尽，石磬依然。

**译文**

晨起入山，新涨的水把溪岸都淹没了，棋局落子之音还在传绕，又有人在敲着石磬发出清越的声响。

松声竹韵，不浓不淡。

**译文**

松之声，竹之韵，不浓亦不淡。

何必丝与竹，山水有清音。

**译文**

何必要乐器演奏？山水本有清丽之音。

世路中人，或图功名，或治生产，尽自正经。
争奈天地间好风月、好山水、好书籍，

> 了不相涉，岂非枉却一生！

**译文**

尘世道路上的人，或是谋取功名，或是料理生计，都是一本正经。可惜的是天地间的好风月、好山水、好书籍，他们一点都不关涉，这样岂不是虚度一生？

> 晚登秀江亭❶，澄波古木，
> 使人得意于尘埃之外，
> 盖人闲景幽，两相奇绝耳。

**注释**

①秀江亭：在江西新余。

**译文**

傍晚登上秀江亭，置身清波古树间，仿佛身处尘埃之外。大约是人清闲、景幽静，两者都奇妙非常吧。

> 笔砚精良，人生一乐❶，徒设只觉村妆；
> 琴瑟在御，莫不静好❷，才陈便得天趣。

**注释**

①笔砚二句：欧阳修《试笔·学书为乐》："苏子美尝言：'明窗净几，笔砚纸墨，皆极精良，亦自是人生一乐。'"苏子美：北宋诗人苏舜钦，字子美。
②琴瑟二句：语出《诗经·郑风·女曰鸡鸣》，表现夫妇生活和美。

**译文**

毛笔砚台精良，自然是人生乐事，如果徒然摆放不用，也不过是粗俗的装扮；琴与瑟一同弹奏，没有不静好的，才陈列出就已经得了天然的趣味。

夜长无赖，徘徊蕉雨半窗；
日永多闲，打叠桐阴一院。

#### 译文

夜长无赖，窗边听雨打芭蕉，徘徊不定。日长悠闲，一院梧桐树荫下，收拾安排。

春夜宜苦吟，宜焚香读书，宜与老僧说法，以销艳思。
夏夜宜闲谈，宜临水枯坐，宜听松声冷韵，以涤烦襟。
秋夜宜豪游，宜访快士，宜谈兵说剑，以除萧瑟。
冬夜宜茗战，宜酌酒说《三国》《水浒》《金瓶梅》诸集，宜箸竹肉[1]，
以破孤岑。

#### 注释

[1]竹肉：也称竹荪，生在朽竹根节上的菌类。

#### 译文

春夜宜苦心作诗，宜焚香读书，宜与老僧说佛法，以受用美好的情思。夏夜宜闲谈，宜临水枯坐，宜听松声冷韵，以涤除烦闷心怀。秋夜宜纵情游玩，宜拜访豪爽之士，宜谈兵说剑，以消除萧瑟。冬夜宜斗茶，宜酌酒说《三国》《水浒》《金瓶梅》诸书，宜竹筷夹食竹荪，以破除孤寂。

山以虚而受，水以实而流，
读书当作如是观。

#### 译文

山因为虚静才能容纳万物,水因为充实丰足才能向前流淌,读书应当抱着这样的观念。

> 古之君子,行无友,则友松竹;
> 居无友,则友云山。
> 余无友,则友古之友松竹、友云山者。

#### 译文

古代君子,出行没有朋友,就以松竹为友;居家没有朋友,就以云山为友。我没有朋友,就以古代以松竹、云山为友的人为友。

> "今日鬓丝禅榻畔,茶烟轻飏落花风。"❶
> 此趣惟白香山得之。

#### 注释

❶今日二句:出自杜牧《题禅院》诗,诗中情景,与白居易《庐山草堂记》中描述的生活有相通之处。

#### 译文

"如今两鬓银丝坐在禅床上,烹茶的烟雾轻轻飘动,落花也在风中飘舞。"这种情趣,只有隐居庐山的白居易获得了。

> 清姿如卧云餐雪,天地尽愧其尘污;
> 雅致如蕴玉含珠,日月转嫌其泄露。

#### 译文

清逸的丰姿如同身卧白云、食用白雪,天地都会为自己有尘污而羞愧;高雅的韵致如同蕴含明珠、涵藏美玉,日月反而嫌弃自己泄露了光芒。

茶取色臭俱佳，行家偏嫌味苦；
香须冲淡为雅，幽人最忌烟浓。

**译文**

品茶要取色味皆佳才好，行家偏嫌弃味道过于苦涩；焚香要冲和淡泊才雅致，幽隐之人最忌讳烟气太浓。

朱明之候，绿阴满林，科头散发，
箕踞白眼，坐长松下，萧骚❶流觞，
正是宜人疏散之场。

**注释**

❶萧骚：形容风吹树木的声音。

**译文**

夏季之时，绿荫满林，不戴冠帽，披散头发，白眼对俗人，随意伸开腿坐在高高的松树下，听风吹木叶，众人曲水流觞，欢乐饮酒，正是宜人闲散的场合。

读书夜坐，钟声远闻，梵响相和，
从林端来，洒洒窗几上，
化作天籁❶虚无矣。

**注释**

❶天籁：自然界的音响。

**译文**

读书夜坐，听远处钟声与诵经声相和，仿佛从林端飘来，连绵不绝落在窗上、几案上，终又化作了天籁之音归于虚无。

> 语鸟名花，供四时之啸咏；
> 清泉白石，成一世之幽怀。

**译文**

会说话的鸟与知名好花，可供四季啸歌吟咏。清泉与白石，则能成全一生幽隐的情怀。

> 或夕阳篱落，或明月帘栊❶，
> 或雨夜联榻，或竹下传觞，
> 或青山当户，或白云可庭。
> 于斯时也，把臂促膝，相知几人，
> 谑语雄谈，快心千古。

**注释**

❶帘栊：窗帘和窗牖。也泛指门窗的帘子。

**译文**

或是夕阳篱落，或是明月入帘，或是雨夜并榻，或是竹下传杯，或是青山当作门户，或是白云当作庭院，当此之时，交臂促膝，几个相知，戏语雄谈，真可谓是千古快意事。

> 疏帘清簟，销白昼惟有棋声❶；
> 幽径柴门，印苍苔只容屐齿❷。

**注释**

❶疏帘二句：化用杜甫《七月一日题终明府水楼》："楚江巫峡半云雨，清簟疏帘看弈棋。"
❷幽径二句：化用叶绍翁《游园不值》："应怜屐齿印苍苔，小扣柴扉久不开。"

**译文**

稀疏的竹帘，清凉的席子，度过长长的白天，只听到下棋的声音；

幽静的小径，简陋的柴门，在苍苔上留脚印，只容下木屐的痕迹。

> 落花慵扫，留衬苍苔，
> 村酿新筛，取烧红叶。

**译文**

落花懒扫，留着映衬苍苔；村酒新滤，燃烧红叶温之。

> 落落者难合，一合便不可分；
> 欣欣者易亲，乍亲忽然成怨。
> 故君子之处世也，宁风霜自挟，无鱼鸟亲人。

**译文**

孤高的人难结交，一结交就不可分离；笑媚的人容易亲近，暂时亲近忽然就会变作怨愤。所以，君子立身处世，宁愿在风霜中自我坚持，也不像鱼鸟那样亲附别人。

> 生平愿无恙者四：
> 一曰青山，一曰故人，一曰藏书，一曰名草。

**译文**

平生希望四样事物安然无恙：青山、故人、藏书、名草。

> 闻暖语如挟纩，闻冷语如饮冰，
> 闻重语如负山，闻危语如压卵，
> 闻温语如佩玉，闻益语如赠金。

**译文**

听到温暖的话如同披上棉衣，听到冷言冷语如同饮下冰水，听到沉重言语如同背负大山，听到危险言语如同踩压鸡蛋，听到温和的话如同佩戴美玉，听到有益的话如同受赠黄金。

旦起理花，午窗剪叶，或截草作字，夜卧谶❶罪，令一日风流萧散之过，不致堕落。

注释

❶谶：通"忏"。忏悔。

译文

早起打理花草，午间在窗边修剪叶子，有时在截下的草叶上写字，夜里躺卧反省自身，反思这一天的风流萧散过错，不至于堕落。

# 卷八 奇

南宋 | 朱绍宗 | 菊丛飞蝶图

**我辈寂处窗下，视一切人世，俱若蠛蠓婴媿[1]，不堪寓目。而有一奇文怪说，目数行下，便狂呼叫绝，令人喜，令人怒，更令人悲，低徊数过，床头短剑亦呜呜作龙虎吟，便觉人世一切不平，俱付烟水。集奇第八。**

注释

①蠛蠓婴媿：蠛蠓，小虫。婴，缠绕。媿，同“丑”。按：“婴媿”诸本解释不同，译文取其通顺。

译文

我们这样的人寂寞地守在自己的窗下，视人间一切，都像是小飞虫缠绕着丑陋的东西在扑腾，不值入目。而一旦有一则奇文、一种怪说，读下几行，便会狂喊称绝，令人喜悦，令人愤怒，更令人悲哀，心中多次萦绕回荡，床头短剑也发出呜呜的龙虎之吟。这时，就觉得人世间的一切不平事，都交付给了苍茫烟水。



第八集：奇。

南宋 — 佚名 — 丛菊图

吕圣功之不问朝士名❶，
张师亮之不发窃器奴❷，
韩稚圭之不易持烛兵❸，
不独雅量过人，正是用世高手。

#### 注释

❶吕圣公句：司马光《涑水记闻》卷二："吕蒙正相公不喜记人过。初参知政事，入朝堂，有朝士于帘内指之曰：'是小子亦参政邪？'蒙正佯为不闻而过之。其同列怒之，令诘其官位姓名，蒙正遽止之。罢朝，同列犹不能平，悔不穷问，蒙正曰：'若一知其姓名，则终身不能复忘，固不如毋知也。且不问之，何损？'时皆服其量。"吕蒙正，字圣功，北宋名臣。

❷张师亮句：明代郑瑄《昨非庵日纂》："张文定公齐贤，以右拾遗为江南转运使。一日家宴，一奴窃银器数事于怀中，文定自帘下熟视不问尔。后齐贤为宰相，门下厮役往往侍班行，而此奴竟不沾禄。奴乘间再拜而告曰：'某事相公最久，凡后于某者皆得官矣。相公独遗某，何也？'因泣下不止。文定悯然语曰：'我欲不言，尔乃怨我。尔忆江南日盗吾银器数事乎？我怀之三十年不以告人，虽尔亦不知也。吾备位宰相，进退百官，志在激浊扬清，敢以盗贼荐耶？念汝事吾日久，今予汝钱三百千，汝其去吾门下，自择所安。盖吾既发汝平昔之事，汝其有愧于吾而不可复留也。'奴震骇，泣拜而去。"张齐贤，字师亮，北宋名臣。

❸韩稚圭句：宋代刘斧《青琐高议》："（韩）公帅定武时，尝夜作书，令一兵持烛于旁。兵他顾，烛燃公须。公遽以袖摩之，而作书如故。少顷，间视，则已易其人矣。公恐主吏笞之，亟呼视之，曰：'勿较。渠已解持烛矣。'军中咸服其度量。"韩琦，字稚圭，北宋名臣，封魏国公。

#### 译文

吕蒙正不追问嘲笑他的朝廷官员的名字，张齐贤不揭发偷盗他银器的奴仆，韩琦不更换持烛燃了他胡须的兵士，他们不仅度量过人，也是处世高手。

花看水影，竹看月影，美人看帘影。

#### 译文

花要看其水中影，竹要看其月下影，美人要看其帘内朦胧影。

明 ― 陆遽 ― 设色菊花

君子不傲人以不如，不疑人以不肖。

**译文**

君子不因为别人不如自己而骄傲，不因为别人不成材就怀疑人。

读诸葛武侯❶《出师表》而不堕泪者，
其人必不忠；
读韩退之《祭十二郎文》而不堕泪者，
其人必不友❷。

**注释**

❶诸葛武侯：诸葛亮死后，刘禅追封其为忠武侯。

❷读韩退之二句：韩愈，字退之。《祭十二郎文》为其祭奠侄子的文章。友：亲近相爱，古代多用于兄弟之间，也可泛用于亲人之间。

**译文**

读诸葛亮的《出师表》而不流泪，这人必然不忠于国家；读韩愈的《祭十二郎文》而不流泪，这人必然不亲爱家人。

世味非不浓艳，可以淡然处之，
独天下之伟人与奇物，
幸一见之，自不觉魄动心惊。

**译文**

世间滋味不是不浓厚炫丽，可用淡然的态度来应对。唯独天下的伟大人物与奇异事物，有幸见到，就觉得惊心动魄。

道上红尘，江中白浪，饶他南面百城❶；
花间明月，松下凉风，输我北窗一枕。

我對黃華默不語 黃華向我
如含情 瘦莖葉三傲霜氣繁英
片片含秋清 黃叢紫薦爛發齊金
憧玉薦紛來迎 南山悠悠長在眼
滿手秋光讓諸英
宗人有景蕤傲霜枝團團
做其意並棋花氣菜三間

清 — 惲壽平 — 東籬秋色圖

**注释**

①南面百城：居王侯之高位而拥有广大的土地。旧时用来形容统治者的尊荣富有。

**译文**

仕途上红尘蔽目，欲海中浪涛滚滚，尽管坐拥荣华富贵又有何宝贵？花丛中明月朗照，长松下凉风习习，最爱的还是北窗下高枕无忧。

### 瀑布天落，其喷也珠，其泻也练，其响也琴。

**译文**

瀑布从天而落，喷溅的泡沫如同珠玉，倾泻的水流如同白练，悠扬的响声如同琴音。

### 石怪常疑虎，云闲却类僧。

**译文**

石头怪异，常疑是虎；白云悠闲，恰似高僧。

### 识尽世间好人，读尽世间好书，看尽世间好山水。

**译文**

人生当有如下愿望：识尽世间好人，读尽世间好书，看尽世间好山水。

### 舌头无骨，得言句之总持；
### 眼里有筋，具游戏之三昧。

清　恽冰　蒲塘秋艳图

**译文**

舌头柔软无骨,却是言辞语句的总管;眼睛中有筋脉,能识破人间游戏的奥妙。

> 当场傀儡,还我为之;
> 大地众生,任渠笑骂。

**译文**

当场木偶,由我操纵;大地众生,任他笑骂。

> 三徙成名,笑范蠡碌碌浮生,
> 纵扁舟忘却五湖风月❶;
> 一朝解绶,羡渊明飘飘遗世,
> 命巾车归来满架琴书❷。

**注释**

❶ 三徙三句:《史记·越王勾践世家》:"故范蠡三徙,成名于天下。"三徙,当指范蠡生命中的三次重要决定。扁舟:《史记·越王勾践世家》:"(范蠡)乃装其轻宝珠玉,自与其私徒属乘舟浮海以行,终不反。"五湖风月:传说范蠡曾携西施归隐五湖。

❷ 一朝三句:用陶渊明辞官还乡事,详见《晋书·陶潜传》。绶(shòu):一种丝质带子,古代常用来拴在印纽上。巾车:指有帷幕的车子。陶渊明《归去来辞》:"或命巾车,或棹孤舟。"

**译文**

三次迁徙而成名,笑叹范蠡劳碌一生,纵任扁舟渡海,忘却了五湖风月;一朝解除官印,羡慕渊明飘逸出世,命令整车出发,归来享满架琴书。

> 一勺水,便具四海水味,世法❶不必尽尝;
> 千江月,总是一轮月光,心珠❷宜当独朗。

明　陈洪绶　荷花鸳鸯图

注释

①世法：对出世法而言，佛教把世间一切生灭无常的事物都叫作世法。
②心珠：佛教语。喻指清净如明珠的心性。

译文

一勺水，便具备四海之水的味道，万物滋味不必都去品尝；千江月，总是一轮明月在照耀，心中宝珠应当独自朗照。

愁非一种，春愁则天愁地愁；
怨有千般，闺怨则人怨鬼怨。
天懒云沉，雨昏花蹙，法界①岂少愁云；
石颓山瘦，水枯木落，大地觉多窘况。

注释

①法界：佛教语。通常泛称各种事物的现象及其本质。此处泛指天地。

译文

愁不止一种，春愁就是天愁地愁；怨有千般，闺怨就是人怨鬼怨。天慵懒云低沉，雨昏昏花皱眉，天地间岂少愁云；石颓丧山消瘦，水枯干木落叶，大地也觉得困窘。

于琴得道机，于棋得兵机，
于卦得神机，于药得仙机。

译文

在琴声中获得道法机要，在棋局中获得用兵机谋，在算卦中获得神灵启示，在丹药中获得成仙机缘。

相禅遐思唐虞，战争大笑楚汉。
梦中蕉鹿①犹真，觉后莼鲈一幻。

清 — 谢荪 — 荷花图

#### 注释

①蕉鹿：《列子·周穆王》："郑人有薪于野者，遇骇鹿，御而击之，毙之。恐人见之也，遽而藏诸隍中，覆之以蕉，不胜其喜。俄而遗其所藏之处，遂以为梦焉。"后用"蕉鹿"指梦幻。

#### 译文

遥思唐尧与虞舜先后禅让，大笑当年项羽、刘邦楚汉相争，梦中把鹿藏在芭蕉中仿佛就是真的，醒来发现对故乡风物的思念仿佛是幻觉。

世界极于大千❶，不知大千之外更有何物；
天宫极于非想❷，不知非想之上毕竟何穷。

#### 注释

①大千：大千世界，佛教语，"三千大千世界"的省称，后指广阔无边的世界。
②非想：指非想非非想处天，佛教语。《婆娑论》："无色界中有四天：一名空处天，二名识处天，三名无所有处天，四名非想非非想处天。"此天没有欲望与物质，仅有微妙的思想。

#### 译文

世界的极致是大千世界，不知大千之外还有什么事物；天宫最高处是非想非非想处天，不知在那之上到底哪里才是尽头。

千载奇逢，无如好书良友；
一生清福，只在茗碗炉烟。

#### 译文

千年才有的奇遇，不如好书良友；一生安享的清福，只在茶碗炉烟。

倚柱得瞻肩膺推
篆驚見麗權時從
人子細都評洎知似
蓮花幾枝
唐寅

> 艳出浦之轻莲，丽穿波之半月。

**译文**

娇艳如同水边轻盈的莲花，清丽如同波光中摇曳的半月。

> 云气恍堆窗里岫，绝胜看山；
> 泉声疑泻竹间樽，贤于对酒。

**译文**

白云仿佛在窗外堆积成峰峦，远胜过看山；泉水声仿佛倾泻进了竹间的酒樽中，比饮酒更妙。

> 湖山之佳，无如清晓春时。
> 常乘月至馆，景生残夜，水映岑楼，
> 而翠黛临阶，吹流衣袂，莺声鸟韵，催起哄然。
> 披衣步林中，则曙光薄户，
> 明霞射几，轻风微散，海旭乍来。
> 见沿堤春草霏霏，明媚如织，远岫朗润出沐，
> 长江浩渺无涯，岚光晴气，
> 舒展不一，大是奇绝。

**译文**

湖山美景，没有比春天清晨更好的了。常常趁着月光到馆舍，夜将尽了，清水倒映着高楼，绿黑树影爬上台阶，风吹衣袖，莺声鸟韵，哄闹着催人起床。披衣林中散步，只见曙光透入窗户，明霞照射着几案，轻风微微吹着，海上旭日初升。沿着堤岸，春草萋萋，明媚如织，远山朗润如刚出浴。长江浩渺无涯，山间云雾在日光中舒展不一，大为奇异。

心无机事，案有好书，
饱食晏眠，时清体健，
此是上界真人。

**译文**

心中没有机巧之事，案头摆着好书，饱食安睡，时节清和，身体强健，真可说是仙界真人。

读《春秋》，在人事上见天理；
读《周易》，在天理上见人事。

**译文**

读《春秋》，从人事上悟见天理；读《周易》，从天理上参悟人事。

烈士须一剑，则芙蓉赤精❶，
亦不惜千金构❷之；
士人惟寸管，映日干云之器，
那得不重价相索？

**注释**

❶芙蓉：芙蓉剑，汉代袁康《越绝书·外传记宝剑》载越王勾践有宝剑名纯钩，相剑者薛烛以"手振拂，扬其华，捽如芙蓉始出"。后用"芙蓉"指利剑。赤精：汉高祖刘邦，史称"赤精子"，此或指其斩蛇起义之剑。

❷构：通"购"。

**译文**

英雄要有一口好剑，像芙蓉赤精这样的宝剑，不惜花费千金也要购求。读书人只能依靠毛笔，能凌云映日的好笔，怎能不花大价钱去寻索？

哄日吐霞，吞河漱月，
气开地震，声动天发。❶

**注释**

①本条采自南齐张融《海赋》。

**译文**

大海哄拥着红日吐出朝霞，吞进河流漱洗明月，气势宏伟大地震动，巨大声响轰动天空。

议论先辈，毕竟没学问之人；
奖惜后生，定然关世道之寄。

**译文**

议论前辈，毕竟是个没学问的人；提携后生，必然关乎世风的好坏。

儒有一亩之宫，自不妨草茅下贱；
士无三寸之舌，何用此土木形骸。

**译文**

读书人有一亩方圆的住宅，不妨就在草野中安于低贱；士人如果没有三寸不烂之舌，哪里用得上这一副土块木头般的身体？

鹏为羽杰，鲲称介豪，
翼遮半天，背负重霄。❶

**注释**

①羽：鸟类的代称。介：有甲壳的虫类或水族。本段化自《庄子·逍遥游》："北冥有鱼，其名为鲲。鲲之大，不知其几千里也。化而为鸟，其名为鹏。鹏之背，不知其几千里也。怒而飞，其翼若垂天之云。"

### 译文

大鹏是飞鸟中的豪杰,鲲是有鳞片物类中的豪杰,鲲化为鹏,翅膀可遮住半天,背上能负起九霄。

> 问近日讲章❶孰佳,坐一块蒲团自佳;
> 问吾侪❷严师孰尊,对一枝红烛自尊。

### 注释

❶讲章:此处指讲解经书的讲义。
❷吾侪(chái):我辈。

### 译文

问近来经书讲义谁的最好,坐一块蒲团自然就好;问我辈哪位严师最应尊敬,对一枝红烛自应尊敬。

> 古之钓也,以圣贤为竿,
> 道德为纶,仁义为钩,利禄为饵,
> 四海为池,万民为鱼。
> 钓道微矣,非圣人其孰能察之?

### 译文

古人垂钓,用圣贤作钓竿,用道德作钓丝,用仁义作钓钩,用利禄作钓饵,把四海当作池塘,把万民当作鱼。钓鱼之道多么精微!不是圣人,谁能明察这番道理?

> 浮云回度,开月影而弯环;
> 骤雨横飞,挟星精❶而摇动。

### 注释

❶星精:星之灵气。

**译文**

浮云来回飘荡,透出弯弯的月影;暴雨四处横飞,仿佛挟持着星星摇动。

> 翻光倒影,擢菡萏于湖中;
> 舒艳腾辉,攒蝃蝀❶于天畔。
> 照万象于晴初,散寥天于日余。❷

**注释**

❶蝃蝀(dì dōng):虹的别名。

❷本条采自唐代韦充《余霞散成绮赋》。

**译文**

晚霞翻光倒影,将湖中的荷花捉住摇动;舒艳腾辉,在天边积聚出彩虹。于雨后初晴之时映照万象,在夕阳西下时分涂抹长空。

# 卷九 绮

朱楼绿幕，笑语勾别座之香，越舞吴歌，巧舌吐莲花之艳。此身如在怨脸愁眉、红妆翠袖之间，若远若近，为之黯然。嗟乎！又何怪乎身当其际者，拥玉床之翠而心迷，听伶人之奏而陨涕乎？集绮第九。

**译文**

红色楼台绿色帘幕，笑语招引了别座的美人；越地舞姿吴地歌喉，巧舌吐音如莲花般美艳。此身如在怨脸愁眉、红妆翠袖之间，如远又如近，让人黯然魂消。啊呀，又何必奇怪身处此情此境，拥着玉床上的玉人而心醉神迷，听着乐师的演奏而黯然落泪呢？

第九集：绮。

152

瞻碧云之黯黯，觅神女其何踪；
睹明月之娟娟，问嫦娥而不应。

**译文**

远望碧空黯淡的云彩，寻觅神女踪迹却在何处；眼观明净柔美的月亮，询问嫦娥消息无人回应。

妆台正对书楼，隔池有影；
绣户相通绮户，望眼多情。

**译文**

女子妆台正对书生小楼，隔着池塘形影相对；佳人闺房相通雕花门户，彼此相望眉目多情。

春透水波明，寒峭花枝瘦。
极目烟中百尺楼，人在楼中否？

**译文**

春水澄透波浪明净，但天气仍然寒冷，枝头的花苞还显消瘦。极目远望风烟中百尺的高楼，那人是否在楼上？

鸟语听其涩时，怜娇情之未啭；
蝉声闻已断处，愁孤节之渐消。

**译文**

鸟语要听它还有些滞涩时，爱怜它的嗓音娇美却还未圆啭。蝉声要听它快要停止的时候，为它孤高的节奏快要消止而发愁。

李后主宫人秋水❶，喜簪异花，芳香拂髻鬟，常有粉蝶聚其间，扑之不去。

**注释**

①秋水：宫人名。

**译文**

南唐后主李煜的宫女秋水，喜欢插异花在头上，芳香拂着发髻发鬓，常有粉蝶聚集，轻轻扑打都不离去。

昔人有花中十友：
桂为仙友，莲为净友，梅为清友，菊为逸友，
海棠名友，荼蘼韵友，瑞香殊友，芝兰芳友，
腊梅奇友，栀子禅友。
昔人有禽中五客：
鸥为闲客，鹤为仙客，鹭为雪客，孔雀南客，
鹦鹉陇①客。
会花鸟之情，真是天趣活泼。

**注释**

①陇：山名，绵延于甘肃、陕西交界的地方，指今甘肃省一带。

**译文**

昔人以为花中有十友：桂为仙逸友，莲为清净友，梅为清高友，菊为隐逸友，海棠为知名友，荼蘼为风韵友，瑞香为殊异友，芝兰为芳香友，蜡梅为清奇友，栀子为禅意友。昔人以为禽鸟中有五客：鸥为清闲客，鹤为升仙客，鹭为白雪客，孔雀为南方客，鹦鹉为陇地客。领会花鸟之情，真是天趣活泼。

木香盛开，把杯独坐其下，
遥令青奴吹笛，止留一小奚侍酒，

才少斟酌便退，立迎春架后。

**译文**

木香花盛开，把杯独坐其下，遥遥令青衣奴仆吹笛，只留下一个小男童侍酒，稍微斟酒便让他退开，立在迎春花架后等候。

花看半开，酒饮微醉。

**译文**

花只看半开，酒当饮微醉。

夜来月下卧醒，花影零乱，
满人襟袖，疑如濯魄于冰壶。

**译文**

夜来在月下睡醒，花影零乱，铺满人襟袖，仿佛在冰壶中洗涤魂魄一般。

新调初裁，歌儿持板待韵❶；
阄题❷方启，佳人捧砚濡毫。
绝世风流，当场豪举。

**注释**

❶待韵：指文人分韵赋诗。
❷阄题：文人通过抓阄确定诗歌题目进行现场创作。

**译文**

新的曲调刚刚裁制好，歌童拿着歌板，等待着分韵诗成；拈阄的题目刚开启，佳人捧着砚台，濡湿笔毫随时递送。真是绝世风流聚会，当场豪情之举。

野花艳目，不必牡丹；
村酒醉人，何须绿蚁。

**译文**

野花就香艳夺目，不一定非要牡丹；村中酒便能醉人，何必一定要绿蚁美酒？

石鼓池边，小草无名可斗；❶
板桥柳外，飞花有阵堪题。

**注释**

①小草句：此句涉及的是一种古代游戏斗百草，即竞采花草，比赛多寡优劣，常在端午举行。

**译文**

石鼓池边，小草无名，但可采来相斗；板桥柳外，飞花成阵，尽可作文题诗。

高楼对月，邻女秋砧；
古寺闻钟，山僧晓梵。

**译文**

高楼对月，邻女秋夜敲砧；古寺闻钟，山寺清晓诵经。

古人养笔以硫黄酒，养纸以芙蓉粉，
养砚以文绫盖，养墨以豹皮囊。❶
小斋何暇及此！
惟有时书以养笔，时磨以养墨，
时洗以养砚，时舒卷以养纸。

**注释**

①古人四句：引自冯贽《云仙杂记·养砚墨纸笔》。

**译文**

古人用硫黄酒养护笔，用芙蓉粉养护纸，用文绫盖养护砚，用豹皮囊养护墨。我小小的书斋哪能顾及这些，只有时时书写以养笔，时时磨研以养墨，时时清洗以养砚，时时舒展卷起以养纸了。

芭蕉近日则易枯，迎风则易破。
小院背阴，半掩竹窗，分外青翠。

**译文**

芭蕉，阳光太猛就易干枯，风吹太强就易破裂。种在小院背阴处，任其遮掩半扇竹窗，格外青翠。

浅翠娇青，笼烟惹湿。
清可漱齿，曲可流觞。

**译文**

树林浅翠娇青，笼烟惹湿。流水清可漱齿，曲可流觞。

风开柳眼，露浥桃腮，黄鹂呼春，
青鸟送雨，海棠嫩紫，芍药嫣红，
宜其春也。
碧荷铸钱，绿柳缫丝，龙孙❶脱壳，
鸠妇❷唤晴，雨酿黄梅，日蒸绿李，
宜其夏也。
槐阴未断，雁信初来，秋英无言，
晓露欲结，蓐收❸避席，青女❹办妆，

宜其秋也。
桂子风高，芦花月老，溪毛碧瘦，
山骨苍寒，千岩见梅，一雪欲腊，
宜其冬也。

#### 注释

① 龙孙：笋的别称。

② 鸠妇：指雌鸠。欧阳修《鸣鸠》诗："天将阴，鸣鸠逐妇鸣中林，鸠妇怒啼无好音。天雨止，鸠呼妇归鸣且喜，妇不唯归呼不已。"

③ 蓐收：古代传说中的西方神名，掌管秋季。

④ 青女：传说中掌管霜雪的女神。

#### 译文

风吹开了柳眼，露沾湿了桃腮，黄鹂呼叫着春天，青鸟送走了春雨，海棠嫩紫，芍药嫣红，这是春之美景。碧绿的荷叶像是铜钱，绿柳如丝，新笋脱壳，雌鸠呼唤晴天，雨水酿熟了黄梅，日光蒸香绿李，这是夏之美景。槐树树荫未尽，大雁刚开始飞来，秋花凋落无言，晨露即将凝结，掌管秋天的神将要离去，掌管霜雪的女神已在梳妆要出场，这是秋之美景。桂花在风中飘香，芦花在月下变老，溪边的野菜绿瘦，山中岩石苍凉寒冷，千处岩上梅花盛放，一场大雪就将进入腊月，这是冬之美景。

风翻贝叶，绝胜北阙除书❶；
水滴莲花，何似华清宫漏❷。

#### 注释

① 北阙：古代宫殿北面的门楼，是臣子等候朝见或上书奏事之处，也用为宫禁或朝廷的别称。除书：拜官授职的文书。

② 莲花：莲花漏，古代的一种计时器。唐代李肇《唐国史补》卷中："初，惠远以山中不知更漏，乃取铜叶制器，状如莲花，置盆水之上，底孔漏水，半之则沉。每昼夜十二沉，为行道之节，虽冬夏短长，云阴月黑，亦无差也。"华清宫：唐宫殿名。

**译文**

风翻过一页页佛经,远胜朝廷封官文书。水从寺中莲花漏中点滴坠落,与华清宫中滴漏也没什么不同。

> 花颜缥缈,欺树里之春风;
> 银焰荧煌,却城头之晓色。

**译文**

花容朦胧,胜似树间春风;银烛辉煌,直压城头晓色。

> 美丰仪人,如三春新柳,濯濯风前。

**译文**

风度仪表优美的人,如同春天的新柳,在风中明净清朗。

> 梅花舒两岁之装,柏叶❶泛三光之酒。
> 飘飖余雪,入箫管以成歌;
> 皎洁轻冰,对蟾光而写镜。

**注释**

①柏叶:指柏叶酒,柏叶浸制的酒。古代风俗,在元旦饮柏叶酒,寓祝寿、避邪之意。

**译文**

新旧两岁交替时节,梅花轻轻换了装扮,祝寿避邪的柏叶酒中,泛着日月星的光芒。飘荡的余雪,落入箫管就成了歌;皎洁的轻冰,月下晶莹如梦似幻。

> 香吹梅渚千峰雪,清映冰壶百尺帘。

**译文**

梅洲上梅花飘香,如同千峰白雪。月宫中清光映射,如垂百尺珠帘。

> 绕梦落花消雨色,一尊芳草送晴曛。

**译文**

梦境中落花飘荡,消解了雨色。芳草前一尊美酒,送别了夕阳。

> 争春开宴,罢来花有叹声;
> 水国谈经,听去鱼多乐意。

**译文**

好春时开设宴席,宴散时花有叹声。水面上谈说经义,静听着鱼也安乐。

> 无端泪下,三更山月老猿啼;
> 蓦地娇来,一月泥香新燕语。

**译文**

无故落泪,三更老猿明月下悲啼;蓦然娇媚,一月新燕香泥中絮语。

> 燕子刚来,春光惹恨;
> 雁臣甫聚[1],秋思惨人。

**注释**

①雁臣:大雁。甫:才。

**译文**

燕子刚来,满目春光惹起多少憾恨;鸿雁才聚,一怀秋思包含多少哀愁。

韩嫣金弹，误了饥寒人多少奔驰❶；
潘岳果车，增了少年人多少颜色。

注释

❶韩嫣二句：《西京杂记》："韩嫣好弹。常以金为丸，所失者日有十余。长安为之语曰：'苦饥寒。逐金丸。'京师儿童，每闻嫣出弹，辄随之望丸之所落辄拾焉。"
❷潘岳二句：用潘岳貌美之典。《世说新语·容止》："潘岳妙有姿容，好神情。少时挟弹出洛阳道，妇人遇者，莫不连手共萦之。左太冲绝丑，亦复效岳游遨，于是群妪齐共乱唾之，委顿而返。"刘孝标注引《语林》："潘安仁至美，每行，老妪以果掷之，满车。张孟阳至丑，每行，小儿以瓦石投之，亦满车。"。

译文

韩嫣射猎的金弹，耽误饥寒之人许多追逐；潘岳受赞的果车，增添了青春少年多少颜色。


春归何处，街头愁杀卖花；
客落他乡，河畔生憎折柳。

译文

春归何处，街头卖花声最让人发愁；客居异乡，河畔折柳事最叫人憎恶。


论到高华，但说黄金能结客；
看来薄幸，非关红袖懒撩人。

译文

谈论到高贵显要，只说黄金才能结交宾客；看来就是薄幸人，并非美人懒于理会撩拨。


同气之求，惟刺平原❶于锦绣；
同声之应，徒铸子期❷以黄金。

### 注释

① 平原：指战国平原君，以善于招揽门客知名。
② 子期：指钟子期，知名典故高山流水的主角之一。

### 译文

觅求知己，只能将平原君的画像刺在锦绣上；寻找知音，只能将钟子期的像用黄金来铸造。

> 胸中不平之气，说倩山禽；
> 世上叵测之机，藏之烟柳。

### 译文

胸中不平之气，只是说给山禽；世上难测玄机，全都藏于烟柳。

> 论声之韵者，
> 曰溪声、涧声、竹声、松声、山禽声、
> 幽壑声、芭蕉雨声、落花声，
> 皆天地之清籁，诗坛之鼓吹也。
> 然销魂之听，当以卖花声为第一。

### 译文

谈及声音中最有韵味的，溪流声、涧水声、竹林声、松风声、山禽声、幽壑声、雨打芭蕉声、落花之声，都是天地的清响、诗坛的乐曲。然而，最销魂的，还是要以卖花声为第一。

> 石上酒花①，几片湿云凝夜色；
> 松间人语，数声宿鸟动朝喧。

### 注释

① 酒花：浮在酒面上的泡沫，此处指酒。

#### 译文

石上饮酒,几片湿冷的阴云凝结着夜色;松间说话,几声归巢的鸟鸣搅起了晨间的喧嚣。

> 媚字极韵,但出以清致,则窈窕俱见风神;
> 附以妖娆,则做作毕露丑态。
> 如芙蓉媚秋水,绿筱媚清涟[1],方不着迹。

#### 注释

[1]绿筱(xiǎo)句:出自谢灵运的《过始宁墅》。

#### 译文

"媚"这个字极有韵味,如果还具备清美的情致,就会娴静中全是风神;如果只是与妖娆相附,就会显得做作而丑态毕露。要像荷花在秋水中娇媚,绿竹在清波边秀媚,这才不露痕迹。

> 情词之娴美,《西厢》以后,
> 无如《玉合》《紫钗》《牡丹亭》三传,
> 置之案头,可以挽文思之枯涩,收神情之懒散。

#### 译文

要论情词的文雅优美,王实甫的《西厢记》以后,没有比梅鼎祚的《玉合记》、汤显祖的《紫钗记》和《牡丹亭》更好的。将它们放在案头,可以挽救枯涩的文思,收束懒散的神情。

> 俊石贵有画意,老树贵有禅意,
> 韵士贵有酒意,美人贵有诗意。

#### 译文

美石贵有画意,老树贵有禅意,雅士贵有酒意,美人贵有诗意。

销魂之音，丝竹不如著肉。
然而风月山水间，别有清魂销于清响，
即子晋之笙，湘灵之瑟，
董双成之云璈[1]，犹属下乘。
娇歌艳曲，不益混乱耳根？

注释

①云璈（áo）：云锣，打击乐器。

译文

销魂的声音，乐器演奏不如口中歌唱，然而山水风月之间，另有能让清魂适意的清响，即使是仙人王子乔吹笙，湘水之神弹瑟，仙女董双成奏云璈，都还只是下乘。一般的娇歌艳曲，不更是扰乱了耳朵？

酒有难悬之色，花有独蕴之香。
以此想红颜媚骨，便可得之格外。

译文

酒有难想象的色彩，花蕴含着独特的香味，照此去想红颜媚骨，就能从独特的风格认识特别的美人。

花抽珠渐落，珠悬花更生。
风来香转散，风度焰还轻。[1]

注释

①本条采自梁元帝萧绎《对烛赋》。

译文

烛花燃起，蜡泪渐滴，新泪还悬挂着时，新的烛花又生出来。风来时，烛香飘散，风吹过，烛焰又轻盈闪耀了。

**纷广庭之霏靡，隐重廊之窈窕❶。**
**青陆至而莺啼，朱阳升而花笑❷。**
**紫蒂红蕤❸，玉蕊苍枝。❹**

### 注释

❶霏靡（suǐ mǐ）：草木茂密。窈窕：深邃。

❷青陆：即青道，日月运行到东方天空的那一段轨迹叫青道。《汉书·天文志》："青道二，出黄道东。立春、春分，月东从青道。"也用作春天的代称。朱阳：太阳。

❸红蕤（ruí）：红花。蕤，草木花下垂貌。

❹本条采自唐代卢照邻《双槿树赋》。

### 译文

宽阔庭院中两株槿树枝繁叶茂，掩映下重重长廊更其深邃。春天来时黄莺娇啼，红日升起花朵绽笑。紫色花蒂捧着红花，还有如玉的花苞在青色树枝上等待着要开放。

# 卷十 豪

今世矩视尺步之辈，与夫守株待兔之流，是不束缚而阱者也。宇宙寥寥，求一豪者，安得哉？家徒四壁，一掷千金，豪之胆；兴酣落笔，泼墨千言，豪之才；我才必用，黄金复来①，豪之识。夫豪既不可得，而后世倜傥之士，或以一言一字写其不平，又安与沉沉故纸同为销没乎？集豪第十。

#### 注释

①我才二句：语本李白《将进酒》："天生我材必有用，黄金散尽还复来。"

#### 译文

当今规行矩步之辈，守株待兔之流，都是不受束缚就已自入陷阱的人。宇宙空阔，要寻求一个豪放者，哪里能有？家徒四壁，一掷千金，这是豪放的胆气；兴酣落笔，泼墨千言，这是豪放的才情；天生我才必有用，黄金散尽还复来，这是豪放的见识。豪放既已不可得，后世也还有风流倜傥之士，或许有一言一字写出了心中的不平，又怎能让这些文字与沉沉的故纸堆一起消失呢？

第十集：豪。

> 桃花马上春衫，少年侠气；
> 贝叶斋中夜衲，老去禅心。

**译文**

桃花马上，春衫晃眼，少年侠气逼人；诵经室中，僧衣暗淡，老者禅心空寂。

> 慷慨之气，龙泉❶知我；
> 忧煎之思，毛颖❷解人。

**注释**

①龙泉：宝剑名。
②毛颖：毛笔的别称。因为唐代韩愈写作《毛颖传》用毛笔拟人，而有此称呼。

**译文**

慷慨不平之侠气，龙泉剑当知我；忧愤煎熬之思绪，毛笔君能懂人。

> 绿酒但倾，何妨易醉；
> 黄金既散，何论复来❶。

**注释**

①黄金二句：用李白《将进酒》诗意。

**译文**

美酒只管尽情畅饮，还管什么容易沉醉？黄金既是已经散尽，还说什么又会到来？

> 诗酒兴将残，剩却楼头几明月；
> 登临情不已，平分江上半青山。

### 译文

诗情酒趣兴致将残,剩余楼头几分明月;登山临水情不能已,分了江上一半青山。

> 深居远俗,尚愁移山有文❶;
> 纵饮达旦,犹笑醉乡无记❷。

### 注释

❶移山有文:南朝齐孔稚珪作《北山移文》嘲讽假隐士,借山之口吻对假隐居者口诛笔伐。

❷醉乡无记:唐代王绩曾作《醉乡记》,虚构了一个"醉乡"。

### 译文

幽居远离俗世,尚且忧愁有人作文赶我出去;纵饮直至天明,还是笑称醉乡虚有无人作记。

> 藜床半穿,管宁真吾师乎❶;
> 轩冕必顾,华歆洵非友也❷。

### 注释

❶藜床二句:《高士传》:"黄初中,华歆荐宁,宁知公孙渊必乱,乃因征辞还,以为太中大夫,固辞不就。宁凡征命十至,舆服四赐,常坐一木榻上,积五十五年未尝箕踞。榻上当膝皆穿,常着布裙貂裘,唯祠先人,乃着旧布单衣加首絮巾。"庾信《小园赋》:"管宁藜床,虽穿而可座。"

❷轩冕二句:《世说新语·德行》:"管宁、华歆共园中锄菜,见地有片金,管挥锄与瓦石不异,华捉而掷去之。又尝同席读书,有乘轩冕过门者,宁读如故,歆废书出看。宁割席分坐,曰:'子非吾友也!'"轩冕:古时大夫以上官员的车乘和冕服。

### 译文

藜木床榻半边坐穿,管宁果真是我的老师啊;高官经过就去观瞧,华歆确实不是我的朋友。

170

吐虹霓之气者，贵挟风霜之色；
依日月之光者，毋怀雨露之私。

**译文**

能口吐彩虹之气的才子，贵在有风霜自守的节操；依靠日月之光取暖的人，不要怀沐浴恩泽的私心。

闻鸡起舞，刘琨其壮士之雄心乎❶；
闻筝起舞，迦叶其开士之素心乎❷？

**注释**

❶闻鸡二句：《晋书·祖逖传》："（祖逖）与司空刘琨俱为司州主簿，情好绸缪，共被同寝。中夜闻荒鸡鸣，蹴琨觉曰：'此非恶声也。'因起舞。"
❷闻筝二句：《大树紧那罗王所问经》载：紧那罗（佛教音乐神）鼓琴。迦叶等都不能自持，起而舞蹈。迦叶：佛祖弟子。开士：菩萨的异名。后用作对僧人的敬称。

**译文**

闻鸡起舞，刘琨有的是壮士的雄心吧；闻筝起舞，迦叶有的是菩萨的净心吧。

友遍天下英杰之士，读尽人间未见之书。

**译文**

交遍天下英杰之士，读尽人间未见之书。

读书倦时须看剑，英发之气不磨；
作文苦际可歌诗，郁结之怀随畅。

**译文**

读书疲倦之时要看剑，英杰豪气才不会消磨；作文苦楚之际可咏诗，郁结心情将随之舒畅。

**交友须带三分侠气，作人要存一点素心。**

译文

交友须要带三分豪侠之气，做人要存留一点纯洁之心。

**深山穷谷，能老经济才猷；**
**绝壑断崖，难隐灵文奇字。**

译文

深山穷谷，能使可经世济民的才人智士老朽；深谷断崖，难隐藏那些灵秀奇巧的文字。

**肝胆煦若春风，虽囊乏一文，还怜茕独；**
**气骨清如秋水，纵家徒四壁，终傲王侯。**

译文

真心诚意如同春风般和煦，即使囊中无钱，还是同情孤苦；气概风骨如秋水般清高，纵然家徒四壁，终究傲视王侯。

**世事不堪评，掩卷神游千古上；**
**尘氛应可却，闭门心在万山中。**

译文

世事已糟糕得无法评说，掩卷时神游千古之上；俗事应当可置之不管，闭门后心在万山之中。

**负心满天地，辜他一片热肠；**
**态态自古今，悬此两只冷眼。**

#### 译文

负心之人充塞天地,辜负他人一片热心;眷恋之态古今皆有,悬起我这两只冷眼。

> 龙津一剑[1],尚作合于风雷。
> 胸中数万甲兵[2],宁终老于牖下。

#### 注释

[1] 龙津一剑:《晋书·张华传》载,张华派雷焕到豫章丰城寻剑,得龙泉、太阿两口宝剑。"焕以南昌西山北岩下土以拭剑,光芒艳发。大盆盛水,置剑其上,视之者精芒炫目。遣使送一剑并土与华,留一自佩。或谓焕曰:'得两送一,张公岂可欺乎?'焕曰:'本朝将乱,张公当受其祸。此剑当系徐君墓树耳。灵异之物,终当化去,不永为人服也。'华得剑,宝爱之,常置坐侧。华以南昌土不如华阴赤土,报焕书曰:'详观剑文,乃干将也,莫邪何复不至?虽然,天生神物,终当合耳。'因以华阴土一斤致焕。焕更以拭剑,倍益精明。华诛,失剑所在。焕卒,子华为州从事,持剑行经延平津,剑忽于腰间跃出堕水,使人没水取之,不见剑,但见两剑各长数丈,蟠萦有文章,没者惧而反。须臾光彩照水,波浪惊沸,于是失剑。华叹曰:'先君化去之言,张公终合之论,此其验乎!'"

[2] 胸中句:《五朝名臣言行录》卷七注引《名臣传》:"仲淹领延安,阅兵选将,日夕训练……夏人闻之,相戒曰:'无以延州为意,今小范老子腹中自有数万兵甲,不比大范老子可欺也。'"大范指范雍,小范指范仲淹。

#### 译文

自行沉入水中的宝剑,尚且能与龙作起的风雷相合。胸中有包罗数万兵马的谋略,却宁愿终老孤窗之下。

> 英雄未展之雄图,假糟丘[1]为霸业;
> 风流不尽之余韵,托花谷为深山。

#### 注释

[1] 糟丘:积糟成丘,极言酿酒之多。

#### 译文

英雄未能施展宏图，借助沉醉酒国来成就霸业；风流人物余韵不尽，托身花谷当作归隐深山。

> 大丈夫居世，生当封侯，死当庙食❶。
> 不然，闲居可以养志，诗书足以自娱。

#### 注释

① 庙食：指死后立庙，受人供奉祭祀。

#### 译文

大丈夫立身于世，生当封侯，死当立庙受祭。不然，闲居可以养摄志气，诗书足以自娱。

> 荣枯得丧，天意安排，浮云过太虚也；
> 用舍行藏❶，吾心镇定，砥柱在中流❷乎？

#### 注释

① 用舍行藏：《论语·述而》："子谓颜渊曰：'用之则行，舍之则藏，唯我与尔有是夫。'"指被任用就行其道，不被任用就退隐。
② 砥柱在中流：砥柱，山名，在河南三门峡东，屹立于黄河激流中（今已炸毁），后用"中流砥柱"比喻起支柱作用的人或事物。

#### 译文

通达穷困，或是得到失去，都是天意安排，当视同浮云掠过天空；用我则行道，不用则藏隐，我心保持镇定，就如同砥柱稳立中流。

> 曹曾❶积石为仓以藏书，名曹氏石仓。

#### 注释

① 曹曾：东汉藏书家。

**译文**

东汉曹曾垒石为仓来藏书,名为"曹氏石仓"。

> 丈夫须有远图,眼孔如轮,可怪处堂燕雀❶;
> 豪杰宁无壮志,风棱❷似铁,不忧当道豺狼❸。

**注释**

❶处堂燕雀:《艺文类聚》卷九二引《吕氏春秋》:"燕雀处一屋之下,子母相哺,煦煦然其相乐也,自以为安矣。灶突决,火上,栋宇将焚,燕雀颜色不变,不知祸将及也。"后以"处堂燕雀"比喻居安忘危的人。

❷风棱:风骨。指刚正不阿的品格。

❸当道豺狼:比喻掌握国政大权的暴虐奸佞之人。

**译文**

大丈夫要有远略,眼孔如轮大,可轻视那些居安忘危之辈;真豪杰岂无壮志,风骨似铁硬,不必忧怕掌权的凶恶之人。

> 云长香火,千载遍于华夷❶;
> 坡老❷姓字,至今口于妇孺。
> 意气精神,不可磨灭。

**注释**

❶云长二句:云长指三国蜀汉名将关羽,字云长,以忠义知名。宋代以后,他的事迹渐被渲染神化,尊为"关公""关帝",庙宇遍天下。华夷:指汉族与少数民族。

❷坡老:指苏东坡。

**译文**

关云长享用的香火,千载遍布中华大地;苏东坡的姓名字号,至今流传妇幼之口。可见志气精神,不能磨灭。

登高眺远，吊古寻幽，
广胸中之丘壑，游物外之文章。

**译文**

登高眺远，怀古寻幽，扩展胸中之丘壑，游览世外之文章。

雪斋❶清境，发于梦想。
此间但有荒山大江，修竹古木。
每饮村酒后，曳杖放脚，
不知远近，亦旷然天真。

**注释**

❶本条采自苏轼《与言上人书》。言上人为东坡在杭州任通判时所交之高僧，法号法言。雪斋：秦少游《雪斋记》："雪斋者，杭州法惠院言师之所居室之东轩也。"

**译文**

苏轼在给言上人的信中说：您雪斋的清雅境界，我常常在梦中见到。我现居住的地方只有荒山大江，修竹古木。常常在饮了村酒后，拄杖放足前行，不知远近，也别是一种旷达天真。

胡宗宪❶读《汉书》，至终军请缨事❷，
乃起拍案曰："男儿双脚当从此处插入，
其他皆狼藉耳！"

**注释**

❶胡宗宪：明代大臣。
❷终军请缨事：《汉书·终军传》载："南越与汉和亲，乃遣军使南越，说其王，欲令入朝，比内诸侯。军自请：'愿受长缨，必羁南越王而致之阙下。'军遂往说越王，越王听许，请举国内属。"后以请缨指自告奋勇请求报国。

**译文**

胡宗宪读《汉书》，读到终军请缨报国之事，就起身拍案说："男几双脚应当从此处插入,其他的都糟乱不值一提!"

> 吾有目有足,山川风月,吾所能到,
> 我便是山川风月主人。

**译文**

我有眼有脚,山川风月,我能到的地方,我便是山川风月的主人。

> 立言者,未必即成千古之业,
> 吾取其有千古之心;
> 好客者,未必即尽四海之交,
> 吾取其有四海之愿。

**译文**

著书立说之人,未必能成就千古的事业,我赞赏他有千古之心;喜好待客之人,未必能穷尽四海的交游,我赞赏他有四海之愿。

> 悬榻待贤士❶,岂曰交情已乎;
> 投辖留好宾❷,不过酒兴而已。

**注释**

❶悬榻句:《后汉书·徐稚传》:"蕃(陈蕃)在郡不接宾客,惟稚来特设一榻,去则县(悬)之。"后以悬榻喻礼待贤士。

❷投辖句:《汉书·陈遵传》:"遵耆(嗜)酒,每大饮,宾客满堂,辄关门,取客车辖投井中,虽有急,终不得去。"辖,车轴两端的键。后用投辖指殷勤留客。

**译文**

悬起床榻等待贤士,难道只是朋友交情而已吗?拔掉车辖款留好客,不过是增添喝酒的兴致罢了。

> 才以气雄,品由心定。

**译文**

才华因为气势而雄放,品格通过心性来确立。

> 为文而欲一世之人好,吾悲其为文;
> 为人而欲一世之人好,吾悲其为人。

**译文**

作文而希望一世的人都喜欢,我同情他这样的作文态度;做人而希望一世的人都喜欢,我同情他这样的做人态度。

> 胸中无三万卷书,眼中无天下奇山川,未必能文。
> 纵能,亦无豪杰语耳。

**译文**

胸中没有三万卷书,眼中没有天下奇异山川,未必能做文章。即使能,也写不出豪杰之语。

> 孟宗❶少游学,其母制十二幅❷被,
> 以招贤士共卧,庶得闻君子之言。

**注释**

① 孟宗:三国江夏人,后官居吴国司空。
② 幅:布帛的宽度。古制一幅为二尺二寸。

**译文**

孟宗少年游学,他的母亲缝制了十二幅大的被子,目的是招来贫穷而有才德的士子同卧,希望他可以多听到君子之言。

张烟雾于海际，耀光景于河渚；
乘天梁而皓荡❶，叩帝阍而延伫❷。

**注释**

①天梁：星名。皓荡：广阔无边貌。

②帝阍：天门，天帝的宫门。

**译文**

在海边扬起烟雾，在沙洲上闪耀光影，乘着天梁星漫游广阔的天空，叩叫天门而久久站立。

声誉可尽，江天不可尽；
丹青可穷，山色不可穷。

**译文**

声誉会消亡，江天不会消亡；图画可穷尽，山色不可穷尽。

每从白门❶归，见江山逶迤，草木苍郁。
人常言佳，我觉是别离人肠中一段酸楚气耳。

**注释**

①白门：江苏省南京市的别名。东吴、东晋及南朝宋、齐、梁、陈都以南京为都城，南京正南门为宣阳门，俗称白门。所以白门也用来代称南京。

**译文**

每每从白门归来，见到江山连绵，草木苍郁，别人总说好，我却觉得是离别之人心中的一段酸楚之气。

天下无不虚之山，惟虚故高而易峻；
天下无不实之水，惟实故流而不竭。

### 译文

天下没有不虚的山，正因为虚，所以高耸而陡峻；天下没有不实的水，正因为实，所以长流而不衰竭。

> 放不出憎人面孔，落在酒杯；
> 丢不下怜世心肠，寄之诗句。

### 译文

摆不出憎人的面孔，付之酒杯；丢不下怜世的心肠，寄之诗句。

> 春到十千美酒❶，为花洗妆❷；
> 夜来一片名香，与月熏魄。

### 注释

❶十千美酒：三国魏曹植《名都篇》诗："我归宴平乐，美酒斗十千。"十千美酒，极言贵重。

❷为花洗妆：唐代冯贽《云仙杂记》："洛阳梨花时，人多携酒其下，曰为梨花洗妆。"

### 译文

春天到了，带上名贵的美酒，为梨花梳妆；夜晚来时，点燃一片名香，为月亮熏魄。

> 飞禽铩翮，犹爱惜乎羽毛❶；
> 志士捐生，终不忘乎老骥❷。

### 注释

❶飞禽二句：《世说新语·言语》："支公好鹤，住剡东岇山。有人遗其双鹤，少时翅长欲飞。支意惜之，乃铩其翮。鹤轩翥不复能飞，乃反顾翅，垂头。视之，如有懊丧意。林曰：'既有凌霄之姿，何肯为人作耳目近玩？'养令翮成，置使飞去。"铩翮（shā hé）：剪除羽翅。

❷老骥：曹操《步出夏门行·龟虽寿》："老骥伏枥，志在千里。烈士暮年，壮心

不已。"骥：骏马，喻杰出人才。

**译文**

飞禽羽翅摧折，还是爱惜羽毛；志士舍弃生命，终不遗忘壮志。

## 敢于世上放开眼，不向人间浪皱眉。

**译文**

敢于放开眼看待世事，不轻易皱眉面对人间。

## 缥缈孤鸿，影来窗际，开户从之，明月入怀，花枝零乱，朗吟枫落吴江❶之句，令人凄绝。

**注释**

①枫落吴江："枫落吴江冷"，唐代崔信明诗句。

**译文**

隐约的孤鸿，影子飘来窗际，我开门跟随，明月入怀，花枝零乱，高声吟诵"枫落吴江冷"之诗句，备感凄清。

## 三春花鸟犹堪赏，千古文章只自知。
## 文章自是堪千古，花鸟三春只几时。❶

**注释**

①本条采自袁宏道《狂言读卓吾南池诗》，前两句为李贽《南池》诗中句。

**译文**

春天的花鸟还值得赏玩，千古文章只能自己知解。文章本就能流传千古，春天花鸟只不过能存在几时。

李太白云：
"天生我才必有用，黄金散尽还复来。"❶
杜少陵云：
"一生性僻耽佳句，语不惊人死不休。"❷
豪杰不可不解此语。

**注释**

①李诗原为："天生我材必有用，千金散尽还复来。"
②杜诗原为："为人性僻耽佳句，语不惊人死不休。"

**译文**

李太白诗云："天生我才必有用，黄金散尽还复来。"杜少陵诗云："一生性僻耽佳句，语不惊人死不休。"豪杰不可不理解这几句诗。

谐友于天伦之外，元章呼石为兄❶；
奔走于世途之中，庄生喻尘以马❷。

**注释**

①元章句：用米芾拜石事，《宋史·米芾传》："（米芾）所为谲异，时有可传笑者。无为州治有巨石，状奇丑，芾见大喜曰：'此足以当吾拜！'具衣冠拜之，呼之为兄。"米芾字元章，宋代著名书画家。
②庄生句：《庄子·逍遥游》："野马也，尘埃也，生物之以息相吹也。"原文指空中游气、游尘皆由风相吹而动，此条中借指尘世。

**译文**

交友于伦常之外，米芾参拜石头为兄长；奔走于世途之中，庄子比喻尘世为野马。

得意不必人知，兴来书自圣；
纵口何关世议，醉后语犹颠。

**译文**

得意不必让人知道,兴致来书法自觉超妙;纵谈哪管他人议论,酒醉后话语依旧颠狂。

> 英雄尚不肯以一身受天公之颠倒❶,
> 吾辈奈何以一身受世人之提掇❷?
> 是堪指发❸,未可低眉。

**注释**

① 颠倒:翻覆,控制。
② 提掇:提拉,此指牵制。
③ 指发:发上指冠,形容愤怒。

**译文**

英雄尚且不肯让自身受天公的控制,我们为什么让自身受世人的牵制?应当心怀愤怒,不可低眉顺目。

> 能为世必不可少之人,能为人必不可及之事,
> 则庶几此生不虚。

**译文**

能成为世上必不可少的人,能做别人必然不可及的事,那这一生大概就不虚度了。

> 儿女情,英雄气,并行不悖;
> 或柔肠,或侠骨,总是吾徒。

**译文**

儿女柔情,英雄豪气,可并行不悖;或柔肠百结,或侠骨刚强,总是同道。

上马横槊，下马作赋，自是英雄本色❶；
熟读《离骚》，痛饮浊酒，
果然名士风流❷。

注释

❶上马二句：《南齐书·垣荣祖传》："荣祖曰：'昔曹操、曹丕上马横槊，下马谈论，此于天下可不负饮食矣。'"横槊：横持长矛，指从军或习武。

❷熟读二句：用王孝伯语，《世说新语·任诞》："王孝伯言：'名士不必须奇才，但使常得无事，痛饮酒，熟读《离骚》，便可称名士。'"晋朝王恭，字孝伯。

译文

上马横矛，下马作赋，自是英雄本色；熟读《离骚》，痛饮浊酒，果然名士风流。

我辈腹中之气，亦不可少，要不必用耳。
若蜜口，真妇人事哉。

译文

我辈心中豪气，必不可少，只是不一定使用。至于口蜜腹剑，那真是妇人的事情了。

办大事者，匪独以意气胜，盖亦其智略绝也，
故负气雄行，力足以折公侯，出奇制算，
事足以骇耳目。
如此人者，俱千古矣。
嗟嗟！今世徒虚语耳。

译文

做大事的人，不仅是意气胜人，也因为其人智略超绝，故而仗气猛行，力量足以挫败公侯，出奇制胜，行事足以惊人耳目。像这样的人，都已作古。啊呀！当今的人只是说虚言罢了。

184

说剑谈兵，今生恨少封侯骨；
登高对酒，此日休吟烈士歌。

**译文**

说剑谈兵，今生遗憾缺少封侯的骨相；登高对酒，此日休要吟唱英雄的悲歌。

先达笑弹冠，休向侯门轻曳裾；
相知犹按剑，莫从世路暗投珠。❶

**注释**

①本条化用王维《酌酒与裴迪》诗："酌酒与君君自宽，人情翻覆似波澜。白首相知犹按剑，朱门先达笑弹冠。草色全经细雨湿，花枝欲动春风寒。世事浮云何足问，不如高卧且加餐。"

**译文**

先做官的人会嘲笑后来准备做官的人，不要轻易拖着衣襟投靠王侯门第；相知之人还会按剑发怒，不要在世俗之路上明珠暗投。

# 卷十一 法

自方袍幅巾[1]之态，遍满天下，而超脱颖绝之士，遂以同污合流矫之，而世道已不古矣。夫迂腐者，既泥于法，而超脱者，又越于法，然则士君子亦不偏不倚，期无所泥越则已矣，何必方袍幅巾，作此迂态耶！集法第十一。

注释

①方袍幅巾：宋明以来道学先生打扮。

译文

自从方袍幅巾的道学先生遍布天下，高超脱俗聪颖绝伦的人就用同流合污的态度来迎合这种情形了，这样一来世道更是不复有古风了。迂腐的人，拘泥于礼法；超脱的人，又逾越了礼法。士君子应不偏不倚，期望能不拘泥、不逾越即可，何必一定要方袍幅巾，做出一副迂腐的姿态呢！

第十一集：法。

> 凡事留不尽之意则机圆，
> 凡物留不尽之意则用裕，
> 凡情留不尽之意则味深，
> 凡言留不尽之意则致远，
> 凡兴留不尽之意则趣多，
> 凡才留不尽之意则神满。

**译文**

但凡事留不尽之意则机变圆畅，物留不尽之意则用度宽裕，情留不尽之意则情味深长，言留不尽之意则情致悠远，兴留不尽之意则意趣良多，才留不尽之意则精神充盈。

> 有世法，有世缘，有世情。❶
> 缘非情，则易断；
> 情非法，则易流。

**注释**

①世法：世人的典范，社会沿用的习惯常规。世缘：俗缘，人世间事。世情：世俗之情。

**译文**

有人世法则，有俗世因缘，有世态人情。因缘不符合人情，就容易断绝；人情不合符法则，就容易流于放纵。

> 世多理所难必之事，莫执宋人道学❶；
> 世多情所难通之事，莫说晋人风流❷。

**注释**

①宋人道学：宋代儒家周敦颐、张载、程颢、程颐、朱熹等的哲学思想。亦称理学。
②晋人风流：指魏晋士人崇尚个性的思想与行为。

**译文**

世上有许多道理难以断定的事，不要一味坚持宋人的道学；世上有许多性情难以通达的事，不要总是效仿晋人的风流。

> 少年人要心忙，忙则摄浮气；
> 老年人要心闲，闲则乐余年。

**译文**

少年人心要忙碌，忙碌就能收摄虚浮之气；老年人心要悠闲，悠闲就能乐享人生余年。

> 才智英敏者，宜以学问摄其躁；
> 气节激昂者，当以德性融其偏。

**译文**

才智敏捷的人，应用学问收摄他的浮躁；气节激昂的人，当用德性融和他的偏激。

> 何以下达，惟有饰非；
> 何以上达，无如改过。❶

**注释**

① 本条语本《论语·宪问》："君子上达，小人下达。"邢昺疏："言君子达于德义，小人达于财利。"

**译文**

如何向下通达财利？只有文过饰非；如何向上通达德义？最好改过自新。

> 一点不忍的念头，是生民生物之根芽；
> 一段不为的气象，是撑天撑地之柱石。

**译文**

一点不忍弃置的念头，是仁民爱物的根芽；一种有所不为的气度，是顶天立地的柱石。

> 君子对青天而惧，闻雷霆而不惊；
> 履平地而恐，涉风波而不疑。

**译文**

君子面对青天感到忧惧，听闻雷霆就不会惊怕；踏足平地感到忧恐，涉足风波就不会惊疑。

> 不可乘喜而轻诺，不可因醉而生嗔，
> 不可乘快而多事，不可因倦而鲜终。

**译文**

不可趁着欢喜而轻易许诺，不可因为醉酒而生出嗔怒，不可趁着快意而多生事端，不可因为疲倦而有始无终。

> 芳树不用买，韶光贫可支。

**译文**

好花木不用钱买，好时光穷也能支。

> 士君子贫不能济物者，遇人痴迷处，
> 出一言提醒之，遇人急难处，
> 出一言解救之，亦是无量功德。

**译文**

君子贫穷不能助人,如果遇到别人迷惑时,说一句话去提醒他;遇到别人急难时,说一句话去解救他,这也是功德无量。

> 救既败之事者,如驭临崖之马,休轻策一鞭;
> 图垂成之功者,如挽上滩之舟,莫少停一棹。

**译文**

挽救已经失败的事情,要像驾驭悬崖边的马,不要再轻打一鞭;图谋将要成功的事情,如同牵挽要上滩的船,不能稍微停一桨。

> 礼义廉耻,可以律己,不可以绳人。
> 律己则寡过,绳人则寡合。

**译文**

礼义廉耻,可以约束自己,不可以要求别人。约束自己就能减少过错,要求别人就会难以投合。

> 觉人之诈,不形于言;
> 受人之侮,不动于色。
> 此中有无穷意味,亦有无穷受用。

**译文**

察觉了别人的伪诈,却并不表露于言语;受了他人的侮辱,却并不改变神色。这其中有无穷的意味,也有无穷的益处。

> 爵位不宜太盛,太盛则危;
> 能事不宜尽毕,尽毕则衰。

**译文**

爵号官位不宜太高，太高就危险；擅长的事不宜都做，都做就会失败。

> 忧勤是美德，太苦则无以适性怡情；
> 淡泊是高风，太枯则无以济人利物。

**译文**

忧苦勤劳是美德，若太苦就不能适性怡情；淡泊是高尚风操，但太枯燥就不能助人利物。

> 作人要脱俗，不可存一矫俗[1]之心；
> 应世要随时，不可起一趋时之念。

**注释**

①矫俗：刻意违俗立异。

**译文**

做人要脱俗，不能存着刻意违背世俗的心思；应对世事要随顺时事，不能兴起迎合时世的念头。

> 才人国士，既负不群之才，定负不羁之行，
> 是以才稍压众则忌心生，行稍违时则侧目至。
> 死后声名，空誉墓中之骸骨；
> 穷途潦倒，谁怜宫外之蛾眉。

**译文**

国中杰出的人才，既然身负卓越的才能，一定有不拘礼法的行为，所以才华稍微压过众人就会遭受忌妒，行为稍微违背时俗就引

仇视。死亡后声名大振，徒然赞誉墓中无知的骸骨；困境中穷困潦倒，谁会怜惜年老被遣出宫的美人？

> 君子处身，宁人负己，己无负人；
> 小人处事，宁己负人，无人负己。

**译文**

君子立身处世，宁愿别人辜负自己，自己不愿辜负别人；小人应对世事，宁愿自己辜负别人，不愿别人辜负自己。

> 祸莫大于纵己之欲，恶莫大于言人之非。

**译文**

灾祸没有比放纵自己的欲望更大的，罪恶没有比谈论别人的是非更大的。

> 求见知于人世易，求真知于自己难；
> 求粉饰于耳目易，求无愧于隐微难。

**译文**

想要世人知道自己很容易，想要自己真正理解自己很难。追求让人觉得正派容易，追求在隐约细微处无愧于心很难。

> 圣人之言，
> 须常将来眼头过，口头转，心头运。

**译文**

圣人的话，要常常拿来眼中看，口中诵，心中运用。

**与其巧持于末，不若拙戒于初。**

译文

与其事后才巧妙把持，不如起初就愚拙戒备。

**君子有三惜：
此生不学，一可惜；
此日闲过，二可惜；
此身一败，三可惜。**

译文

君子有三种可惜：此生不学，一可惜；此日闲过，二可惜；此身一次败德，三可惜。

**士大夫三日不读书，
则礼义不交，
便觉面目可憎，语言无味。**

译文

士大夫三日不读书，礼义就不会在心中交会，就觉得面目可憎，语言无味。

**与其密面交❶，不若亲谅友；
与其施新恩，不若还旧债。**

注释

①面交：非真心相交的朋友。

译文

与其亲密地与不真心的朋友往来，不如亲近诚信的朋友；与其给人新的恩惠，不如偿还旧债。

**恩重难酬，名高难称。**

译文

恩情太重，难以报偿；名声太高，难以相称。

**处心不可着，着则偏；
作事不可尽，尽则穷。**

译文

居心不可执着，执着就容易偏激；做事不能做绝，做绝就会陷入困境。

**静坐然后知平日之气浮，
守默然后知平日之言躁，
省事然后知平日之费闲，
闭户然后知平日之交滥，
寡欲然后知平日之病多，
近情然后知平日之念刻。**

译文

静坐才知道平日心气浮躁，保持沉默才知道平日话多，减少事务才知道平日浪费闲暇，关门闭户才知道平日交友不慎，减少欲望才知道平日贪病良多，近于情理才知道平日念头刻薄。

**喜时之言多失信，怒时之言多失体。**

**译文**

喜悦时的话常常失信于人，愤怒时的话常常有失体统。

> 泛交则多费，多费则多营，
> 多营则多求，多求则多辱。

**译文**

结交广泛就会耗费多，耗费多就谋划多，谋划多就请求多，请求多屈辱就多。

> 一字不可轻与人，
> 一言不可轻语人，
> 一笑不可轻假人。

**译文**

一个字不可轻易许诺人，一句话不可轻易告诉人，一个笑容不可轻易给予人。

> 正以处心，廉以律己，忠以事君，
> 恭以事长，信以接物，宽以待下，
> 敬以治事，此居官之七要也。

**译文**

用正道存心，用廉洁律己，用忠心事奉君主，用恭敬事奉长辈，用诚信对待他人，用宽和对待下属，用肃敬处理政务，这是做官的七条要诀。

> 青天白日，和风庆云❶，
> 不特人多喜色，即鸟鹊且有好音。

若暴风怒雨，疾雷闪电，鸟亦投林，人皆闭户。
故君子以太和元气为主。

**注释**

①庆云：五色云，古人当作喜庆、吉祥之气。

**译文**

青天白日，和风祥云，不仅人容易喜悦，鸟鹊也会欣喜鸣叫。若是狂风暴雨，疾雷闪电，鸟就会归林，人也都闭门。所以，君子要保持根本的平和之气。

胸中落"意气"[1]两字，则交游定不得力；
落"骚雅"[2]二字，则读书定不得深心。

**注释**

①意气：志向、气概、志趣、情谊等。
②骚雅：《离骚》与《诗经》中《大雅》《小雅》的并称，常借指诗歌传统、诗歌精神。还可指诗文上的才能、风流儒雅。

**译文**

胸中没有"意气"二字，交游一定不得力；没有"骚雅"二字，读书一定读不出深意。

惟书不问贵贱贫富老少，
观书一卷，则有一卷之益；
观书一日，则有一日之益。

**译文**

只有书籍不管贵贱、贫富、老少，读一卷书，就有一卷的益处；读一日书，就有一日的益处。

好丑不可太明，议论不可务尽，
情势不可殚竭，好恶不可骤施。

**译文**

对事物的好丑不要判断得太分明，议论不要陷于绝对，对情势的掌控不要不留余地，喜好或厌恶不要突然显露无余。

开口讥诮人，是轻薄第一件，
不惟丧德，亦足丧身。

**译文**

开口讥讽别人，是最浅薄的行为，不只丧失品德，也足以丧失生命。

人之恩可念不可忘，人之仇可忘不可念。

**译文**

对别人的恩情，可记念不可遗忘；与别人的仇怨，可遗忘不可记念。

不能受言者，不可轻与一言，
此是善交法。

**译文**

不能听取意见的人，不可轻易向他进言，这是善于交往的办法。

我能容人，人在我范围，报之在我，不报在我；
人若容我，我在人范围，不报不知，报之不知。
自重者然后人重，人轻者由我自轻。

### 译文

我能宽容别人,别人在我的界限内,回报由我,不回报由我;别人如果宽容我,我在别人的界限内,他不回报我我不知,回报了我也不知。我自重别人才会尊重我,别人轻视我是因为我不自重。

**性不可纵,怒不可留,**
**语不可激,饮不可过。**

### 译文

性情不可放纵,怒气不可保留,言语不可偏激,饮酒不可过量。

**能轻富贵,不能轻一轻富贵之心;**
**能重名义,又复重一重名义之念。**
**是事境之尘氛未扫,而心境之芥蒂未忘。**
**此处拔除不净,恐石去而草复生矣。**

### 译文

能轻视富贵,却不能减轻轻视富贵之心;能重视名声道义,又加重了留恋名声道义的念头。这都是对俗事的杂念没有扫除,心境上的堵塞还没有疏通。如果根源上拔除不干净,恐怕石头搬走,杂草还会再生。

**纷扰固溺志之场,而枯寂亦槁心之地。**
**故学者当栖心玄默,以宁吾真体;**
**亦当适志恬愉,以养吾圆机。**

### 译文

俗世纷扰固然是沉溺心志的所在,而枯干死寂也是让人憔悴的心境。所以学者要栖心于清静,以便让本真安宁;也需要舒适愉悦,以保养自己的圆融气机。

> 昨日之非不可留，留之则根烬复萌，
> 而尘情终累乎理趣；
> 今日之是不可执，执之则渣滓未化，
> 而理趣反转为欲根。

**译文**

昨日的过错不可残留，残留就会死灰复燃，而俗情终究会牵累义理情趣；今日的正确不可执着，执着就会残存渣滓，而义趣反而会转成欲望根因。

> 市私恩[1]，不如扶公议；结新知，不如敦旧好；
> 立荣名，不如种隐德；尚奇节，不如谨庸行。

**注释**

①市私恩：以私人恩惠取悦于人。买好，讨好。

**译文**

以私人恩惠讨好别人，不如扶持公议；结交新的知己，不如加厚旧的交情；树立显荣的名声，不如播种不为人知的恩德；崇尚奇特的节操，不如小心注意平常的行为。

> 有一念而犯鬼神之忌，一言而伤天地之和，
> 一事而酿子孙之祸者，最宜切戒。

**译文**

有可能一个念头就会触犯鬼神的忌讳，一句话就会损伤天地的冲和，一件事就会酿成子孙的灾祸，这些最应引以为戒。

不实心，不成事；
不虚心，不知事。

**译文**

不真心实意，不能成事；不虚心学习，不能通晓事理。

入心处咫尺玄门❶，得意时千古快事。

**注释**

①入心句：《世说新语·言语》："刘尹与桓宣武共听讲《礼记》。桓云：'时有入心处，便觉咫尺玄门。'"

**译文**

会心之处，咫尺便入高远境界；得意之时，如做千古快意之事。

书是同人❶，每读一篇，自觉寝食有味；
佛为老友，但窥半偈❷，转思前境真空。

**注释**

①同人：志同道合的朋友。②偈：佛经中的唱颂词。通常以四句为一偈。

**译文**

书是同道，每读一篇，就觉得寝息饮食更有味道；佛为老友，只看半偈，就想从前境界真是虚空。

天地俱不醒，落得昏沉醉梦；
洪蒙率是客，枉寻寥廓主人。

**译文**

天地间都不清醒，我也就昏昏沉沉醉生梦死；宇宙中都是过客，不必寻虚空世界谁是主人。

> 近以静事而约己,远以惜福而延生。

**译文**

眼前要用安静少事来约束自己,长远要用珍惜福分来延养生命。

> 国家用人,犹农家积粟。
> 粟积于丰年,乃可济饥;
> 才储于平时,乃可济用。

**译文**

国家用人,如同农家积蓄粮食。在丰年积蓄粮食,才能在荒年救饥;在平时储备人才,在需要的时候才有人可用。

> 考人品,要在五伦❶上见。
> 此处得,则小过不足疵;
> 此处失,则众长不足录。

**注释**

①五伦:五伦是古代社会关系的核心。旧指君臣、父子、兄弟、夫妻、朋友之间五种伦理关系。也称五常。

**译文**

考察人品,要从君臣、父子、兄弟、夫妻、朋友这五种最重要的伦理关系上判断。在这上面人品好,其他的小过错可以不计较;在这上面有亏缺,其他有再多长处也不值得称赞。

> 志不可一日坠,心不可一日放。

**译文**

志向一天也不能丧失,心意一天也不能放纵。

**辩不如讷，语不如默，
动不如静，忙不如闲。**

**译文**

善辩不如木讷，说话不如沉默，行动不如安静，忙碌不如闲适。

**酒能乱性，佛家戒之；酒能养气，仙家饮之。
余于无酒时学佛，有酒时学仙。**

**译文**

酒能乱性，佛家要戒它；酒能养气，仙家要饮它。我在无酒时学佛，有酒时学仙。

# 卷十二 倩

倩[1]不可多得，美人有其韵，名花有其致，青山绿水有其丰标。外则山臞[2]韵士，当情景相会之时，偶出一语，亦莫不尽其韵，极其致，领略其丰标，可以启名花之笑，可以佐美人之歌，可以发山水之清音，而又何可多得！集倩第十二。

#### 注释

①倩：美好。

②臞（qú）：臞儒，清瘦儒士，含有隐居不仕的意味。语本《汉书·司马相如传下》："相如以为列仙之儒居山泽间，形容甚臞，此非帝王之仙意也。"

#### 译文

美好事物不可多得，美人有其风韵，名花有其情致，青山绿水有其丰仪。此外，山中清瘦的隐者、风韵高绝的逸士，当情景相会之时，偶然说出一语，也没有不尽美人之韵、极名花之致、领略到青山绿水之丰仪的，可以让名花开笑，可以伴美人作歌，可以让山水之清音更为悦耳，而又怎能多得！

第十二集：倩。

> 会心处，自有濠濮间想，无可亲人鱼鸟❶；
> 偃卧时，便是羲皇上人，何必夏月凉风❷。

**注释**

❶ 会心三句：语出《世说新语·言语》："简文入华林园，顾谓左右曰：'会心处不必在远。翳然林水，便自有濠濮间想也。觉鸟兽禽鱼，自来亲人。'"濠濮间想：《庄子》里记载有庄子与惠子同游濠梁之上（见前注）和庄子垂钓濮水的故事。后世用"濠濮间想"指逍遥无为的行为、思绪。

❷ 偃卧三句：语出陶渊明《与子俨等疏》："少学琴书，偶爱闲静，开卷有得，便欣然忘食。见树木交荫，时鸟变声，亦复欢然有喜。常言五六月中，北窗下卧，遇凉风暂至，自谓是羲皇上人。"

**译文**

会心之处，自然会有庄子在濠水濮水间的逍遥之想，不必非要有亲近人的鱼鸟。高卧之时，便是那伏羲氏前的上古自在人，何必一定要夏天明月、秋日凉风？

> 一轩❶明月，花影参差，席地偏宜小酌；
> 十里青山，鸟声断续，寻春几度长吟。

**注释**

❶ 轩：有窗户的长廊。

**译文**

一廊明月，花影参差，席地而坐最宜小酌；十里青山，鸟声断续，寻赏春光几度长吟。

> 焚香看书，人事都尽，隔帘花落，松梢月上，
> 钟声忽度，推窗仰视，河汉流云，大胜昼时。
> 非有洗心涤虑，得意爻象❶之表者，
> 不可独契此语。

**注释**

①爻象：《周易》中六爻相交成卦所表示的事物形象。

**译文**

焚香看书，人事都抛开不管，隔帘有花飘落，月上松树梢头，钟声忽然传来，推窗仰视，就见彩云在银河飘荡，景色远胜白天。不是心地洗净、能从万物表象中获知真意者，不能独自领会此中境界。

> 纸窗竹屋，夏葛冬裘，饭后黑甜，
> 日中白醉，足矣！

**译文**

纸窗竹屋，夏穿葛衣，冬着皮裘，饭后黑甜一觉，白天畅饮一醉，这就足够了！

> 翠微僧至，衲衣皆染松云；
> 斗室残经，石磬半沉蕉雨。

**译文**

青山中的高僧来到，僧衣上全浸染了松云之色；斗室中念诵残经，石磬声应和着雨打芭蕉之声。

> 书者喜谈画，定能以画法作书；
> 酒人好论茶，定能以茶法饮酒。

**译文**

爱书法的人喜欢谈画，一定能用作画的方法写字；好喝酒的人喜欢论茶，一定能用品茶的方法饮酒。

南涧科头，可任半帘明月；
北窗坦腹，还须一榻清风。

**译文**

南涧中脱帽闲坐，可清赏半帘明月；北窗下露腹高卧，还需要一榻清风。

披帙横风榻，邀棋坐雨窗。

**译文**

横卧读书，清风过榻；邀友对棋，疏雨临窗。

洛阳每遇梨花时，人多携酒树下，
曰："为梨花洗妆。"

**译文**

洛阳每到梨花盛开时节，人们多携酒到树下，称："为梨花梳洗打扮。"

绿染林皋❶，红销溪水。
几声好鸟斜阳外，一簇春风小院中。

**注释**

①林皋：山林水岸之处。

**译文**

绿色染透山林，落花映红溪水。几声好鸟鸣于斜阳之外，一簇春风拂来小院之中。

有客到柴门，清尊开江上之月；
无人剪蒿径❶，孤榻对雨中之山。

**注释**

①蒿径：指长满杂草的小路。

**译文**

有客到我柴门，清樽饮酒，共赏江上明月；杂草长满小径，孤榻闲坐，独对雨中之山。

恨留山鸟，啼百卉之春红；
愁寄垅❶云，锁四天之暮碧。

**注释**

①垅：高丘，高地。

**译文**

遗憾留给山中之鸟，让它们在春花丛中哀啼；忧愁寄寓高丘之云，锁住傍晚那碧色的天空。

双杵❶茶烟，具载陆君❷之灶；
半床松月，且窥扬子❸之书。

**注释**

①双杵：古代捣衣用具，此当指制茶器具。
②陆君：指"茶圣"陆羽。
③扬子：指西汉文学家扬雄。

**译文**

双杵与茶烟，都见于茶圣之灶；半床松月下，且阅读扬子之书。

寻雪后之梅，几忙骚客；
访霜前之菊，颇惬幽人。

**译文**

寻雪后之梅，几乎让诗客忙坏；访霜前之菊，很是让隐士快心。

鄙吝一消，白云亦可赠客；
渣滓尽化，明月亦来照人。

**译文**

贪吝之心一旦消失，白云也可赠客；心中杂念尽数化去，明月自来照人。

水流云在，想子美千载高标❶；
月到风来，忆尧夫一时雅致❷。

**注释**

❶水流二句：唐代伟大诗人杜甫，字子美，其《江亭》诗云："水流心不竞，云在意俱迟。"
❷月到二句：北宋理学家邵雍，字尧夫，其《清夜吟》诗云："月到天心处，风来水面时。一般清意味，料得少人知。"

**译文**

水流云在，遥想杜子美千载清高品格；月到风来，追怀邵尧夫一时高雅意趣。

何以消天下之清风朗月，酒盏诗筒；
何以谢人间之覆雨翻云，闭门高卧。

**译文**

怎样才能消受天下的清风朗月？要靠酒盏诗筒。如何可以谢绝人间的覆雨翻云？只有闭门高卧。

**心中事，眼中景，意中人。**❶

注释

①本条化用北宋张先《行香子》中的句子，原词下片为："江空无畔，凌波何处，月桥边、青柳朱门。断钟残角，又送黄昏。奈心中事，眼中泪，意中人。"

译文

心中之事，眼中风景，意中那人。

**园花按时开放，因即其佳称，待之以客。梅花索笑客**❶**，桃花销恨客**❷**，杏花倚云客**❸**，水仙凌波客**❹**，牡丹酣酒客**❺**，芍药占春客**❻**，萱草忘忧客**❼**，莲花禅社客**❽**，葵花丹心客**❾**，海棠昌州客**❿**，桂花青云客**⓫**，菊花招隐客**⓬**，兰花幽谷客**⓭**，酴醾清叙客**⓮**，腊梅远寄客**⓯**。须是身闲，方可称为主人。**

注释

①梅花句：梅花为逗乐取笑之客，陆游《梅花》诗："不愁索笑无多子，惟恨相思太瘦生。"

②桃花句：五代王仁裕《开元天宝遗事》："明皇于禁苑中，初有千叶桃盛开。帝与贵妃日逐宴于树下。帝曰：'不独萱草忘忧，此花亦能销恨。'"

③杏花句：唐高蟾《下第后上永崇高侍郎》诗："天上碧桃和露种，日边红杏倚云栽。"

④水仙句：水仙花别称"凌波仙子"，北宋黄庭坚《王充道送水仙花五十枝欣然会心为之作咏》："凌波仙子生尘袜，水上轻盈步微月。"

⑤牡丹句：唐代李濬《松窗杂录》："臣尝闻公卿间多吟赏中书舍人李正封诗曰：'天香夜染衣，国色朝酣酒。'"

⑥芍药句：苏轼《玉盘盂并引》："杂花狼藉占春余，芍药开时扫地无。"

⑦萱草句：古人认为种植萱草可以遗忘忧愁，于是称萱草为忘忧草。

⑧莲花句：莲花与佛教关系紧密，如佛座作莲花形，称"莲座"。

⑨ 葵花句：葵花向着太阳，是谓"丹心"。
⑩ 海棠句：唐代《百花谱》载："海棠为花中神仙，色甚丽，但花无香无实。西蜀昌州产者，有香有实，土人珍为佳果。"
⑪ 桂花句：神话传说月中有桂树，又以桂花代指月。
⑫ 菊花句：陶渊明后，菊花成为了隐士的象征物。
⑬ 兰花句：幽谷客：《孔子家语》："芝兰生于深林，不以无人而不芳。"
⑭ 酴醾句：酴醾本为酒名，以之名花因为它洁美清香。宋代诗人曾端伯以十种花各题名目，称为十友，酴醾为韵友。
⑮ 腊梅句：南朝陆凯《赠范晔》诗："折梅逢驿使，寄与陇头人。江南无所有，聊赠一枝春。"

### 译文

园中花按时开放，于是借着它们的好称呼，视它们作好客人。梅花为索笑客，桃花为销恨客，杏花为倚云客，水仙为凌波客，牡丹为酣酒客，芍药为占春客，萱草为忘忧客，莲花为禅社客，葵花为丹心客，海棠为昌州客，桂花为青云客，菊花为招隐客，兰花为幽谷客，酴醾为清叙客，腊梅为远寄客。必须此身悠闲，才可称为主人。

## 马蹄入树鸟梦坠，月色满桥人影来。

### 译文

马蹄声传来，树上的鸟儿梦中惊坠。月光洒满小桥，有人影无声走来。

## 无事当看韵书，有酒当邀韵友。

### 译文

无事时当看雅韵之书，有酒时当邀风韵之友。

秋风解缆，极目芦苇，白露横江，情景凄绝。
孤雁惊飞，秋色远近，泊舟卧听，沽酒呼卢❶，
一切尘事，都付秋水芦花。

#### 注释

①呼卢：古代一种赌博游戏。

#### 译文

秋风中解缆放舟，在芦苇丛中极目远望，见白雾横陈江面，情景十分凄清。孤雁惊飞，秋色远近萧然，泊舟卧听秋声，买酒闲赌，一切尘俗事，都交付给秋水芦花。

---

设禅榻二，一自适，一待朋。
朋若未至，则悬之。
敢曰：陈蕃之榻❶，悬待孺子；
长史之榻，专设休源❷。
亦惟禅榻之侧，不容着俗人膝耳。
诗魔酒颠，赖此榻祛醒。

#### 注释

①陈蕃之榻：用陈蕃礼待徐孺子事。
②长史二句：《南史·孔休源传》："（孔休源）历秘书监，复为晋安王府长史、南兰陵太守，别敕专行南徐州事。休源累佐名蕃，甚得人誉，王深相倚仗，常于中斋别施一榻，云'此是孔长史坐，人莫得预焉，其见敬如此。'"

#### 译文

设两张参禅的床榻，一张自己享用，一张接待朋友。朋友没来时，就把床榻悬起来。敢说：当年陈蕃之榻，悬着等待徐孺子；长史的床榻，专为孔休源而设。我这禅榻边上，也不容俗人踏足。作诗的魔头、好酒的狂人，都要靠着这禅榻醒酒呢。

春夏之交，散行麦野；
秋冬之际，微醉稻场。
欣看麦浪之翻银，积翠直侵衣带；
快睹稻香之覆地，新醅欲溢尊罍[1]。
每来得趣于庄村，宁去置身于草野。

注释

[1] 罍（léi）：盛水或酒的容器。

译文

春夏之交，闲走向青麦田野；秋冬之际，微醉于稻谷之场。欣然看麦浪翻银，浓翠直侵入衣带；快然睹稻香覆地，新酒将溢出酒杯。每每村庄得趣，宁愿草野安身。

岁行尽矣，风雨凄然，纸窗竹屋，灯火青荧，时于此间得小趣。

译文

一年将尽，风雨凄然，纸窗竹屋，灯火青光闪映，我倒不时在此中得些趣味。

法饮宜舒，放饮宜雅，病饮宜少，
愁饮宜醉，春饮宜郊，夏饮宜庭，
秋饮宜舟，冬饮宜室，夜饮宜月。

译文

按规矩饮酒适宜从容些，豪放饮酒适宜文雅些，病中饮酒宜少，忧愁时饮酒宜醉，春日饮酒宜在郊野，夏日饮酒宜在庭院，冬日饮酒宜在室内，夜里饮酒宜在月下。

甘酒以待病客，辣酒以待饮客，
苦酒以待豪客，淡酒以待清客，
浊酒以待俗客。

**译文**

甜酒招待病弱客，辣酒招待善饮客，苦酒招待豪放客，淡酒招待清雅客，浊酒招待凡俗客。

娟娟花露，晓湿芒鞋；
瑟瑟松风，凉生枕簟。

**译文**

娟娟花露，晨湿草鞋；瑟瑟秋风，凉生枕席。

明窗净几，好香苦茗，有时与高衲谈禅；
豆棚菜圃，暖日和风，无事听友人说鬼。

**译文**

明窗净几，好香苦茶，有时与高僧谈禅；豆棚菜圃，暖日和风，无事听友人说鬼。

花事❶乍开乍落，月色乍阴乍晴，
兴未阑，踌躇搔首；
诗篇半拙半工，酒态半醒半醉，
身方健，潦倒放怀。

**注释**

①花事：与花有关的事，这里指花。

**译文**

花朵忽开忽落,月色时阴时晴,兴致未尽,徘徊搔首;诗篇半拙半工,酒态半醒半醉,身体正健,散漫纵情。

> 石上藤萝,墙头薜荔,
> 小窗幽致,绝胜深山,
> 加以明月清风,物外之情,尽堪闲适。

**译文**

石上藤萝,墙头薜荔,小窗前的幽美景致,远胜过深山中风景,加之明月清风,真仿佛身处世外,可尽享闲适。

> 出世之法,无如闭关。
> 计一园手掌大,草木蒙茸,
> 禽鱼往来,矮屋临水,展书匡坐,
> 几于避秦❶,与人世隔。

**注释**

❶ 避秦:陶渊明《桃花源记》:"(桃源中人)自云先世避秦时乱,率妻子邑人来此绝境,不复出焉,遂与外人间隔。"

**译文**

超脱尘世的方法,最好是闭门谢客。手掌那么大一处园子,草木葱茏,禽鱼往来,矮屋临水,开卷端坐,如同桃花源中人躲避秦朝战乱,与人世相隔。

> 山上须泉,径中须竹。
> 读史不可无酒,谈禅不可无美人。

**译文**

山上要有泉水,小径上要有竹子。读史书不可无酒陪读,谈禅不可无美人相伴。

> 蓬窗夜启,月白于霜;
> 渔火沙汀,寒星如聚。
> 忘却客子作楚,但欣烟水留人。

**译文**

简陋的窗户在夜里打开,月白如霜;渔家的灯火在沙洲上闪耀,寒星如聚。一时忘了自己客居楚地,只欣喜此地烟水留我。

> 无欲者其言清,无累者其言达。
> 口耳巽[1]入,灵窍忽启。
> 故曰不为俗情所染,方能说法度人。

**注释**

①巽(xùn):卑顺;谦让。

**译文**

没有欲望的人言语清新,没有牵累的人言语通达。言语谦逊入他人之耳,才能很快启发别人的慧心。因此,不被俗情污染,才能说法度人。

> 午夜无人知处,明月催诗;
> 三春有客来时,香风散酒。

**译文**

午夜无人知处,明月催发诗情;三春有客来时,香风吹散酒味。

旨愈浓而情愈淡者，霜林之红树；
臭愈近而神愈远者，秋水之白蘋。

### 译文

滋味越浓而情怀越淡，正如经霜森林中的红树；味道越近而神韵越远，恰似秋天江水边的白蘋。

案头峰石，四壁冷浸烟云，何与胸中丘壑？
枕边溪涧，半榻寒生瀑布，争如舌底鸣泉。

### 译文

案头摆设山峰奇石，四壁如被烟云浸冷，如何比得上胸中深广之丘壑？枕边就是山溪鸣涧，一半床榻受瀑布寒侵，怎么比得上舌底善谈之鸣泉？

幽堂昼密，清风忽来好伴；
虚窗夜朗，明月不减故人。

### 译文

清幽堂屋，白昼漫长，清风忽来做伴；窗外虚静，夜空清朗，明月不输故人。

高卧酒楼，红日不催诗梦醒；
漫书花榭，白云恒带墨痕香。

### 译文

酒楼上怡然高卧，红日不来催促诗梦苏醒；花榭中随心作字，白云常常带着墨痕清香。

> 梅称清绝，多却罗浮一段妖魂❶；
> 竹本萧疏，不耐湘妃数点愁泪❷。

#### 注释

① 罗浮一段妖魂：柳宗元《龙城录·赵师雄醉憩梅花下》："隋开皇中赵师雄迁罗浮，一日天寒日暮，在醉醒间，因憩仆车于松林间酒肆傍舍，见一女子淡妆素服出迓师雄，时已昏黑，残雪对月色微明，师雄喜之。与之语，但觉芳香袭人，语言极清丽，因与之扣酒家门，得数杯相与饮。少顷，有一绿衣童来，笑歌戏舞亦自可观。顷醉寝，师雄亦憕然，但觉风寒相袭。久之，时东方已白，师雄起视乃在大梅花树下，上有翠羽啾嘈相顾，月落参横，但惆怅而已。"

② 湘妃数点愁泪：湘妃，舜二妃娥皇、女英。相传二妃听闻丈夫去世，泪水染成竹斑，后没于湘水，成为湘水之神。

#### 译文

梅花最称清高，却多了罗浮山下一段妖魂佳话；竹子本来洒脱，自不能承受湘妃几点哀愁之泪。

> 夭桃红杏，一时分付东风；
> 翠竹黄花，从此永为闲伴。

#### 译文

妖艳的桃花、粉红的杏花，一时都付与春风；翠绿的竹子、清淡的黄菊，从此做清闲伴侣。

> 花影零乱，香魂夜发，䩄然❶而喜。
> 烛既尽，不能寐也。

#### 注释

① 䩄（chǎn）然：笑的样子。

#### 译文

花影零乱，她们的香魂在夜里如此活泼，欢喜跃动。烛火已尽，我仍不能入睡。

> 云落寒潭,涤尘容于水镜;
> 月流深谷,拭淡黛于山妆。

**译文**

云映寒潭,于水镜中涤洗脸上的风尘;月流深谷,给山林擦拭掉淡淡的粉黛。

> 寻芳者追深径之兰,识韵者穷深山之竹。

**译文**

寻芳者追寻深径幽兰,识韵者穷探深山修竹。

> 野筑郊居,绰有规制。
> 茅亭草舍,棘垣竹篱,
> 构列无方,淡宕如画,
> 花间红白,树无行款。
> 徜徉洒落,何异仙居?

**译文**

郊野筑室居住,宽裕而有规制。茅草建亭搭屋,荆棘作墙竹子编篱,布置没有特定的方法,只是舒展自在如画,花树红白相间,并不在乎行列。如此安闲潇洒,与仙人居所有何不同?

> 墨池寒欲结,冰分笔上之花;
> 炉篆❶气初浮,不散帘前之雾。

#### 注释

①炉篆：指香炉中升起的烟缕，其缭绕如同篆书，故称。

#### 译文

砚台寒冷即将结冰，笔头分叉已冻结成了冰花；香炉中烟气开始飘浮，仍然驱散不了帘前的寒雾。

> 青山在门，白云当户，明月到窗，凉风拂座。胜地皆仙，五城十二楼①，转觉多设。

#### 注释

①五城十二楼：古代传说中神仙的居所。比喻仙境。

#### 译文

青山在门，白云当户，明月到窗，凉风拂座。如此美好之地，尽属仙境，那仙界的五城十二楼，倒觉得是多余了。

> 逸字是山林关目，用于情趣，则清远多致；用于事务，则散漫无功。

#### 译文

"逸"字是归隐山林的关键，用在情趣，就清雅高远而多情致；用在事务，就放任散漫徒劳无功。

> 柳下舣①舟，花间走马，观者之趣，倍过个中。

#### 注释

①舣（yǐ）：停船靠岸。

**译文**

柳下泊小舟，花间骑快马，旁观者的乐趣，倒是更高一倍。

**至奇无惊，至美无艳。**

**译文**

最奇特的并不惊人，最美丽的并不艳丽。

**瓶中插花，盆中养石，
虽是寻常供具，实关幽人性情。
若非得趣个中，布置何能生致！**

**译文**

瓶中插花，盆中养石，虽是寻常陈设，实则关乎隐士性情。若不是深知个中情趣，布置怎会有情致？

**诚实以启人之信我，乐易以使人之亲我，
虚己以听人之教我，恭己以取人之敬我，
奋发以破人之量我，洞彻以备人之疑我，
尽心以报人之托我，坚持以杜人之鄙我。**

**译文**

真诚实在让别人信任我，和乐平易让人亲近我，虚心谦逊听从别人教导我，恭谨律己让别人敬重我，奋发有为以免别人轻视我，光明磊落防备别人怀疑我，尽心尽力回报别人托付我，坚持不懈杜绝别人鄙视我。

图书在版编目（CIP）数据

小窗幽记 /(明) 陈继儒著；何攀评注. -- 北京 : 北京时代华文书局, 2020.4（2025.7重印）
（原点·给青年人的生活美育书 / 陈潜主编）
ISBN 978-7-5699-3358-1

Ⅰ. ①小… Ⅱ. ①陈… ②何… Ⅲ. ①人生哲学-中国-明代②《小窗幽记》-注释 Ⅳ. ①B825

中国版本图书馆CIP数据核字(2019)第285238号

## 小 窗 幽 记
XIAO CHUANG YOU JI

著　　者｜[明]陈继儒
评　　注｜何　攀

出 版 人｜陈　涛
图书监制｜陈丽杰工作室
项目策划｜陈丽杰
责任编辑｜陈丽杰　袁思远
责任校对｜张彦翔
封面设计｜许天琪
版式设计｜孙丽莉
责任印制｜訾　敬

出版发行｜北京时代华文书局 http://www.bjsdsj.com.cn
　　　　　北京市东城区安定门外大街138号皇城国际大厦A座8楼
　　　　　邮编：100011 电话：010-64267955　64267677
印　　刷｜天津裕同印刷有限公司　电话：010-84488980
　　　　　（如发现印装质量问题，请与印刷厂联系调换）
开　　本｜880mm×1230mm　1/32　印　张｜8　字　数｜198千字
版　　次｜2021年3月第1版　　　印　次｜2025年7月第2次印刷
书　　号｜ISBN 978-7-5699-3358-1
定　　价｜57.00元

版权所有，侵权必究